I0662390

i

JEANNE D'ARC

Une enfance à Domremy

JEANNE D'ARC
Une enfance à Domremy

Michèle Dubray

2019

Premier tirage : novembre 2019

ISBN 978-2-9565221-5-7

Mouans Sartoux, France

Loin de l'image longtemps vendue par l'école de la République d'une pauvre bergère, et de l'icône récupérée à des fins nationalistes et religieuses discutables, Jeanne d'Arc est un être complexe, construit par une suite d'événements dramatiques et animé d'une détermination sans faille. A peine sortie de l'adolescence, sans culture mais dotée d'un solide bon sens, elle a su convaincre dans un monde brutal dominé par les hommes, jusqu'à acquérir une dimension épique de son vivant.

Elle fut certainement un élément providentiel dans un contexte périlleux pour la royauté, instrumentalisée et mise en avant, puis laissée en pâture à l'ennemi, en somme l'objet d'un plan marketing bien pensé. Mais cela n'enlève rien à son personnage hors normes.

Cet ouvrage de fiction, basé sur des documents historiques, tente de reconstituer ce qu'a pu être l'enfance de Jeanne et son adolescence jusqu'à son départ pour Chinon.

Avant.

La France est en piteux état au début du XVe siècle. La guerre de Cent Ans, commencée depuis l'année 1337, est émaillée de trêves plus ou moins longues et plus ou moins respectées.

Le royaume de France est composé de multiples pays, comtés et duchés (à cette époque, la Champagne, le Barrois, la Lorraine sont des pays) qui ont chacun leur spécificité, sous l'emprise de trois pôles principaux : la domination anglaise s'étend depuis le nord presque jusqu'à la Loire, la Bourgogne occupe un bon quart nord-est, et le reste appartient au royaume de France, sauf la Guyenne qui est anglaise.

Le roi Charles VI a sombré dans la folie une vingtaine d'années plus tôt. Malgré des moments de lucidité entre ses violentes crises de démence, il n'est plus capable de gouverner. Un conseil de régence se met en place, présidé par son épouse la reine Isabeau de Bavière, qui regroupe les vrais détenteurs du pouvoir : Louis d'Orléans, frère du roi, Jean Sans Peur, duc de Bourgogne leur cousin, qui a succédé à son père en 1404, et Jean de Berry leur oncle. Les avis divergent sur la conduite à mener face à l'ennemi anglais, chacun tirant du côté de ses propres intérêts.

A la mort de sa mère, Jean Sans Peur, duc de Bourgogne, hérite de la Flandre. Il doit quitter Paris pendant plusieurs mois pour régler la succession.

Il penche pour une paix avec l'Angleterre, même dans des conditions défavorables, qui satisferait ses sujets flamands et leur permettrait à nouveau d'acheter en Angleterre la laine avec laquelle ils fa-

1

briquent les tissus qui font leur richesse. Il prévoit même de réunir ses terres de Bourgogne et de Flandre pour établir un nouvel état puissant. De son côté, le duc d'Orléans reste fidèle à la politique du précédent roi Charles V et prône une reprise des combats pour libérer le royaume de France du joug anglais.

Pendant l'absence de Jean Sans Peur, Louis d'Orléans prend le pouvoir. Il entreprend d'acheter des domaines dans l'Est pour contrebalancer les forces bourguignonnes et procède à l'éviction de conseillers bourguignons au sein du gouvernement. Le ton monte.

En représailles, Jean Sans Peur fait assassiner Louis d'Orléans. La veuve du défunt demande au roi de faire justice. Charles d'Orléans, son héritier, se tourne pour organiser sa vengeance vers son beau-père le comte d'Armagnac. Celui-ci va prendre la tête des fidèles de la maison d'Orléans, qui seront dès lors connus sous le nom des Armagnacs.

Soutenu par la reine Isabeau de Bavière, le Bourguignon Jean Sans Peur tente de s'emparer du pouvoir à son tour et d'éliminer les Armagnacs du conseil de régence.

C'est ainsi que commence la guerre civile entre les Armagnacs et les Bourguignons, qui s'ajoute au conflit avec l'Angleterre.

Entre les périodes de combats, les mercenaires sans emploi et sans revenus se regroupent en bandes (appelées 'routes' dans le Français de l'époque, d'où leur nom de 'routiers' ou 'grandes compagnies') et organisent des pillages systématiques des campagnes et des exactions de toutes sortes.

C'est dans ce contexte que Jacques d'Arc a épousé en 1405 (date communément retenue) Isabelle de Vouthon, surnommée Isabelle Rommée car elle aurait effectué un pèlerinage à Rome, qui vient d'une famille plus aisée et plus cultivée.

Ils s'installent à Domremy, appelé à cette époque Dompremi, dans la vallée de la Meuse, situé dans une zone de mosaïque frontalière : l'école se trouve à Maxey, à deux kilomètres de là, en territoire bourguignon, et on va au marché à Neufchâteau un peu plus au sud en Lorraine. Le village de Domrémy lui-même est divisé en deux parties. Le côté nord où est située leur maison, appartient au Barrois Mouvant dans le baillage de Chaumont en Bassigny, relevant de la couronne de France, et l'autre côté dépend du comté de Champagne, sous domination bourguignonne. La limite passe juste à côté de leur maison.

Ils auront cinq enfants : Jacquemin, Jean, Pierre, Catherine, et Jeanne, qui naîtra vraisemblablement en 1412, bien que cette date soit controversée.

Jacques d'Arc est un laboureur aisé au sens de l'époque, propriétaire d'une vingtaine d'hectares de terres répartis en prés, terres arables et bois. Il est également propriétaire de sa maison et des dépendances, et possède quelques bêtes, vaches pour le lait, moutons pour la laine et animaux de trait.

Il devient rapidement un notable. Il occupe à partir de 1423 le poste de Doyen, qui regroupe les charges de procureur et de percepteur des impôts, il porte la responsabilité de signer des actes qui engagent les villageois, et d'organiser la défense du village.

Sur la demande des juges, Jeanne se présente lors de la première séance de son procès le 21 février 1431 : « En mon pays, on m'appelait Jeannette, et lorsque je suis venue en France, on m'a appelée Jeanne. Je suis née en la ville de Domremy qui fait un avec Greux où se trouve la principale église. Mon père s'appelait Jacques d'Arc et ma mère Isabelle. J'ai été baptisée dans l'église de Domremy. Une de mes marraines s'appelait Agnès, une autre Jeanne, une autre Sibille ; un de mes parrains s'appelait Jean Lingué, un autre Jean Barré ; j'ai eu beaucoup d'autres parrains et marraines, comme j'ai entendu dire de ma mère. Le prêtre qui m'a baptisée s'appelait Jean Minet à ce que je crois. »

Lors de la séance du 24 mars, elle dit qu'on l'appelait Jeannette D'arc ou plutôt Jeannette Rommée car selon la coutume les filles portaient le nom de leur mère. Il n'y eut donc pas de Jeanne d'Arc de son vivant. Ce nom apparaît pour la première fois en 1576 dans un poème apocryphe publié à Orléans.

On sait qu'elle était brune, qu'elle avait 'le cou bref', et, d'après la commande d'un métrage de tissu pour lui faire un vêtement, qu'elle pouvait mesurer autour de 1.55 m. Elle était sans doute mince, car selon plusieurs témoignages elle mangeait très peu.

Le récit de Jeanne commence en 1420. Elle a huit ans. Il se poursuit jusqu'à son départ pour Chinon.

Chapitre 1

Printemps 1420

Je me sens bien ici. En sécurité entre ces murs épais, dans la pénombre. Au-dessus de moi, Sainte Marguerite me regarde depuis son socle accroché au pilier.

J'ai mené les bêtes à la pâture près du château de l'Isle avec Ysabelot et Hauviette, et au retour elles ont voulu passer par l'arbre aux fées. C'est un hêtre gigantesque en lisière du bois sur la route de Neufchâteau dont les branches basses touchent le sol et se croisent en formant comme des petites grottes de feuillage. Sous l'arbre il y a une fontaine, et c'est là que les enfants du village viennent jouer le plus souvent. Quand on a terminé les tâches de la maison, on s'y retrouve tous ensemble. Les garçons grimpent aux arbres ou jouent à la guerre en faisant beaucoup de bruit avec des épées et des boucliers en bois, et les filles regardent, discutent, font la dînette avec les groseilles qu'on trouve au bord du chemin, en mettant une nappe sous l'arbre, cueillent des fleurs pour en faire des guirlandes ou essaient de voir les fées. Mais moi je ne crois plus aux fées. On ne sait jamais si elles sont bonnes ou mauvaises, les fées. J'aime bien m'amuser et rire avec eux, mais parfois ils me regardent bizarrement ou ils se moquent de moi parce que je refuse de faire des bêtises comme mettre des escargots ou des petites grenouilles dans les habits des autres.

Alors au lieu d'aller à l'arbre aux fées je suis venue à l'église avant de rentrer. Elle est juste à côté de notre maison, qui elle-même est contre celle de Mengette. Toutes les maisons de la rue sont collées les unes aux autres comme pour se tenir chaud. C'est pratique pour aller chez Mengette. Nous sommes très souvent ensemble toutes les trois avec ma meilleure amie Hauviette, on s'amuse, on rit comme des folles en essayant de s'apprendre à danser pour la fête du village. Et quand on a été sages on a le droit de dormir ensemble chez l'une ou chez l'autre. Hauviette préfère venir chez nous. Et moi aussi je préfère quand elle vient chez nous. Parce que chez elle, on est tous dans la même pièce, et avec sa sœur dans le lit clos, on est vraiment serrées. Chez moi il y a une chambre pour les filles et on peut se raconter des histoires en chuchotant jusqu'à ce qu'on s'endorme. Aujourd'hui, maman va continuer à m'apprendre à filer la laine. J'aime filer. J'aime être assise dans le calme en face d'elle qui me montre comment faire tout en me racontant des histoires de la Bible, à ces moments-là elle n'est rien qu'à moi.

Le curé Minet n'est pas là souvent et il ne nous enseigne rien. En général, il est dans l'église de Greux, qui est un peu plus grande. On dit que Greux est le village d'à côté, mais ça pourrait tout aussi bien être le même, on sait qu'on passe d'un village à l'autre après la maison Morel, celle d'un de mes parrains, et on n'a que deux champs à dépasser sur le chemin pour être à Greux.

Alors c'est maman qui m'apprend les prières et elle me parle de Dieu et des Saints. J'aimerais bien, plus tard, être une vierge et une sainte, et avoir ma jolie statue dans une église, y vivre pour l'éternité, avec une belle robe et des fleurs dans les mains. Tout le monde m'aimerait. On me ferait des prières. Et je m'appliquerais depuis mon socle à faire plaisir aux gens et à répondre à leurs demandes.

Maman m'a expliqué qui était Sainte Marguerite. C'était une bonne chrétienne qui gardait des moutons et qui a vécu il y a très, très longtemps. Elle a refusé de se marier avec un gouverneur parce qu'elle avait fait vœu de virginité. Alors il s'est mis en colère. Et puis elle a été mangée par un dragon mais elle en est sortie en perçant son ventre avec une sainte croix[1]. Quand on est chrétienne et vierge on n'a pas peur des dragons.

Sainte Marguerite, vous qui êtes si bonne, protégez-moi. Hier soir, j'étais dans mon lit mais je ne dormais pas. Et j'ai tout entendu.

Nous allons quitter notre maison. Mon oncle maternel, qui est curé à Sermaize, très loin d'ici, était venu pour quelques jours et à la veillée hier soir, il parlait avec mon père.

- Je suis content, disait mon père, nous allons signer dans quelques jours le bail de location du château.

- Alors te voilà bientôt châtelain, a répondu mon oncle le curé Vouthon.

Et ils ont éclaté de rire.

Je ne veux pas aller vivre dans cet endroit. Je m'enfuirai plutôt. J'irai habiter chez Hauviette.

---

[1] *L'absence de bases historiques et de preuves de son existence a conduit le concile Vatican II (1962 à 1965) à rayer cette sainte de la liste officielle des saints.*

Avec les autres enfants du village, quand nous menons les bêtes à la pâture en bas du château, nous n'avons pas le droit d'aller plus loin, parce que c'est dangereux. Mon père dit que des pierres peuvent se décrocher et nous tuer, ou nous pouvons tomber dans le puits. Je sais que les garçons y vont tout de même, et il paraît qu'il y a des démons dans les caves. Il y a quelques semaines, les garçons nous ont défiées d'y retourner avec eux. Hauviette qui est pourtant plus petite que moi les a suivis. Moi je suis restée un peu en retrait. On y rentre par une brèche dans la muraille écroulée. Une fois dans la cour du château, je ne suis pas allée plus loin. Il y avait des tas de pierres partout avec de l'herbe qui poussait au milieu, des morceaux de planches et des outils rouillés. Une grosse porte à moitié arrachée qui s'ouvrait sur l'intérieur du bâtiment, tout noir comme dans un four. Ça ne ressemblait pas du tout à un château. Encore moins à une maison. Bien sûr notre maison est petite pour nous tous, mais quelle idée d'aller vivre dans un endroit pareil. Et puis maman dit que les grands vont bientôt partir pour mener leur vie, nous aurons bientôt un peu plus de place.

Je m'énerve toute seule et je sens les larmes qui coulent sur mes joues. J'ai envie de me serrer contre maman et d'enfouir ma tête dans sa cotte.

Je rentre en courant. Le temps que je traverse les quelques enjambées qui séparent l'église de la maison, je pleure à chaudes larmes, les sanglots coincés dans ma gorge sont sortis tous en même temps. Je me cogne dans maman qui sort de la maison avec un seau pour aller au puits.

- Maman, je ne veux pas quitter la maison pour aller habiter au château !

Maman s'accroupit jusqu'à ma hauteur, elle me soulève le menton et elle me force à la regarder.

- Ma Jeannette, qui t'a mis une idée pareille dans la tête ?

- Hier soir papa a dit à l'oncle Vouthon qu'il allait signer le bail de location du château. Je sais bien ce que c'est, une location ! Je ne veux pas aller habiter au château. Ce n'est même pas une maison, dis-je en hoquetant et en redoublant de larmes, c'est juste un tas de vieux cailloux plein de courants d'air !

Maman plisse les yeux.

- Comment est-ce que tu sais cela ? Est-ce que tu y es allée malgré l'interdiction ?

Mes larmes se tarissent d'un coup. Je suis démasquée. Je sens mes joues de plus en plus rouges. Je ne sais plus quoi dire. Je renifle. Je regarde mes pieds et je chuchote :

- Oui. Je suis désolée. Avec tous les autres, il y a quelques semaines, je suis entrée dans la cour mais pas dans le logis.

Maman soupire et sa bouche prend une forme bizarre avec les coins qui tombent de chaque côté.

- Eh bien tu n'as plus qu'à aller te confesser. En attendant, tu vas réciter un Pater et un Ave comme je t'ai appris, et ensuite je t'expliquerai. Mais tu n'as rien à craindre ma Jeannette, dit-elle en attrapant un coin de son tablier pour essuyer mes joues encore humides.

Après avoir dit mes prières agenouillée devant le crucifix accroché au-dessus de mon lit, je reviens dans la salle. Maman a installé le rouet devant la cheminée où brûle un petit feu, le printemps étant encore frais et humide. Elle a posé un tabouret à côté d'elle où je m'installe. C'est mon autre oncle, son frère, qui lui a fabriqué le rouet. Elle ne sait pas encore très bien se servir de cet objet encombrant mais elle s'y entraîne. Je n'aime pas cette chose. La roue fait du bruit et on peut à peine se parler. Quand nous sommes toutes les deux nous filons à la quenouille. Finalement maman renonce au rouet et c'est ce que nous allons faire aujourd'hui. Elle va chercher un panier de laine déjà cardée. Ca fait des paquets joufflus comme les nuages dans le ciel. Elle prend une boule de laine qu'elle pique sur sa quenouille et elle la coince sous son bras. Elle commence à tirer un fil depuis la mèche tout en le roulant, puis elle enroule le petit bout de fil sur le fuseau, le fait passer dans la pointe et elle commence à tourner tout en tirant des petits filaments du paquet de laine. J'attrape moi aussi ma quenouille et mon petit fuseau et je commence à filer.

-Ma Jeannette, commence maman, nous n'allons pas quitter notre maison. Mais tu as vu que sur la route il passe des soldats. Parfois ils sont très méchants, ils volent le bétail et bien pire. Un village à quelques lieues d'ici a été brûlé et ses habitants tués, tout a été pillé ou détruit. Le château de l'Isle est très vieux comme tu l'as vu, et un peu abîmé, mais il possède encore des murs épais. Avec d'autres familles du village, nous nous sommes groupés pour louer ce château pour neuf ans. Les hommes vont réparer les murs et solidifier une écurie, et nous pourrons y mettre toutes nos bêtes à l'abri en cas d'attaque. Et puis avec le château il y a des terres et des vignes qui nous rapporteront plus d'argent que le prix de la location. Donc, tu vois, ne te fais pas de souci ma Jeannette.

Comment est-ce que je ne me ferais pas de souci si nous risquons d'être attaqués, volés, pillés et brûlés ? Je tourne mon fuseau frénétiquement, je sens ma tête qui s'agite de droite et de gauche et le fil de laine que j'enroule est tout biscornu. Je n'ai qu'une envie, retourner à l'église demander conseil à Sainte Marguerite et me confesser pour être allée au château alors que c'était interdit. Ensuite je me sentirai mieux sans le poids de mes péchés.

Chapitre 2

Ce soir on m'a envoyée coucher avec un crouton de pain et une cruche d'eau parce que j'ai désobéi. Il fait à peine nuit. Ma sœur Catherine m'a apporté en cachette une écuelle de soupe et elle a laissé la porte ouverte pour que je me sente moins seule avant de retourner dans la salle finir de servir à table.

L'oncle de Vouthon est toujours là et je ne perds pas une miette de la conversation. Il dit que le roi et sa cour se sont réfugiés à Troyes. Ça commence bien, qu'allons-nous faire si même le roi a été mis dehors de chez lui ? Il dit aussi que le roi est fou. Comment un roi peut-il être fou ? Peut-être qu'il ressemble à celui que j'ai vu l'année dernière au marché à Neufchâteau. J'ai eu vraiment peur. Il criait sur les passants en nous jetant tout ce qui lui tombait sous la main et personne ne comprenait ce qu'il disait. Les gens passaient en tournant la tête, car quiconque croisait son regard devenait la cible de sa fureur. Comment un fou peut-il gouverner un pays ?

Maman lui demande si c'est vrai ce qu'on raconte, que le roi d'Angleterre sera bientôt aussi roi de France.

- Tout à fait, répond l'oncle de Vouthon, l'autre jour à l'évêché j'ai appris que la reine avait fait signer au roi, qui ne s'est rendu compte de rien du fond de sa folie, un traité qui donne sa fille en mariage au roi d'Angleterre et fait de lui son héritier au détriment de son propre fils le Dauphin Charles, qu'il aurait renié et déshérité en raison de ses crimes[2].

Il est vrai qu'il a laissé assassiner le duc de Bourgogne feu Jean Sans Peur, mais tout de même, quelle mère est-elle pour spolier son fils de sa couronne ? Il baisse la voix et je dois tendre l'oreille. Ils doivent tous être assis autour de la table et se pencher vers le milieu pour mieux entendre. Il poursuit, après avoir ménagé son effet :

- d'ailleurs, les Bourguignons disent que le Dauphin ne serait pas le fils du roi, qui ne fréquente plus le lit de la reine depuis longtemps, mais celui de son frère le Duc d'Orléans. Si c'est vrai, alors il n'est pas vraiment Dauphin, mais le bâtard d'Orléans. Mais c'est sans doute une forgerie propagée par ces félons de Bourguignons pour parvenir à leurs fins. Ce que je crois, c'est qu'elle a voulu se venger de son fils de l'avoir expédiée à Tours pour l'écarter de la régence et de ses manigances avec les Bourguignons.

Le silence se fait. J'imagine que tout le monde doit être atterré par cette nouvelle. Mon père reprend :

---

[2] *Les conditions du traité de Troyes ont été arrêtées le 2 décembre 1419 et publiées à Troyes le 17 janvier 1420. Le traité a été signé par le roi Louis VI le 9 avril. Le 21 mai il est signé par le roi d'Angleterre Henry V à l'occasion de sa cérémonie de fiançailles avec Catherine de Valois, célébrée en la cathédrale de Troyes. Le traité est enregistré au parlement le 30 mai, mais ne le sera par le parlement anglais qu'en mai 1421.*

- A la mort du roi de France, nous allons être bien isolés et en grand danger, Dieu lui prête longue vie. Je ne suis pas prêt à devenir Anglais.

- Quand doit avoir lieu le mariage ? demande maman.

- Début juin. C'est l'archevêque de Sens Henry de Savoisy qui les unira dans l'église Saint Jean au Marché de Troyes. Il est déjà tout frétillant à l'idée de célébrer un mariage royal.

- Mais pourquoi pas un mariage à la cathédrale célébré par l'évêque de Troyes ?

- La cathédrale est toujours en travaux, le toit n'est pas terminé. Il semble que ce fameux traité y sera signé par le roi d'Angleterre, mais elle n'est pas en état d'accueillir un mariage royal. Et puis Monseigneur de Givry a quatre-vingt-six ans, il est gâteux, il ne faudrait pas qu'il s'endorme au milieu de la cérémonie !

Tout le monde s'esclaffe en s'imaginant l'évêque assoupi devant un parterre de royautés et des fiancés qui attendent la bénédiction.

- Où est le Dauphin ? demande mon frère Jacquemin.

Jacquemin est l'aîné. C'est presque un homme maintenant et il prend part aux discussions.

- Le Dauphin est à Bourges dans son duché de Berry depuis que les Bourguignons ont envahi Paris il y a deux ans. Il essaie d'organiser la résistance avec ses fidèles Armagnacs, mais à dix-sept ans c'est encore presque un enfant à la merci de conseillers avides de pouvoir et sans scrupules. Il s'est proclamé Régent, mais que peut-il faire ? A la mort du roi devra-t-il faire la guerre à son beau-frère le roi d'Angleterre qui va épouser sa sœur ?

Un lourd silence lui répond à nouveau. Puis Jacquemin demande.

- Mais alors ? Qui gouverne ?

Après un nouveau silence, mon père reprend la parole.

- En ce qui nous concerne, nous serons toujours fidèles au roi et au Dauphin. C'est contre nature qu'un roi étranger porte la couronne de France.

J'entends des bruits de vaisselle. Dehors un chien aboie et je me retourne dans mon lit. Je pense à ce pauvre Dauphin Charles dans sa ville de Bourges qui est peut être à l'autre bout du monde et qui doit se battre contre sa propre mère qui ne veut pas le laisser être roi. Je ne sais pas ce que c'est qu'un bâtard, mais j'ai vu deux garçons en venir aux mains après que l'un ait traité l'autre de bâtard, ça ne doit pas être un compliment.

Ensuite j'ai dû m'endormir. Ce sont les cloches de l'église qui me réveillent. Il fait jour, je m'habille en hâte et je file à l'église. La maison est déserte, les hommes sont partis aux champs et maman et Catherine doivent être en train de s'occuper des bêtes.

Le curé Minet de Greux est venu pour un enterrement. C'est la vieille Ernelle qu'on porte en terre. A son âge elle n'était plus très assurée sur ses jambes, elle est tombée à la rivière et s'est noyée. Je m'agenouille près du pilier en dessous de Sainte Marguerite et je prie pour son âme. Sainte Marguerite, j'en ai des choses à vous raconter ! Est-ce que vous savez que le roi est fou et qu'on empêche le Dauphin de dauphiner ? Que va-t-il advenir de nous ? Sainte Marguerite me regarde, bien embêtée. Elle n'en sait rien mais je suis sûre qu'elle va demander de l'aide à Dieu. Je devrais peut-être aussi prier Sainte Catherine d'Alexandrie, qui est sur le pilier d'en face, habillée en homme, les cheveux coupés en rond, en train de quitter la maison de son mari et tenant une épée à la main. Elles ne seront pas trop de deux. Pour l'instant je ne peux pas aller de l'autre côté, l'église est pleine. J'ai vu arriver maman et Catherine et je retourne sur mes pas jusqu'à elles au fond de l'église près de la porte en me glissant le long du mur. Je me coule entre elles-deux, et, protégée par ce rempart d'amour, la question de qui gouverne le royaume me semble moins grave.

Après la messe d'enterrement, les gens du village restent un moment groupés devant l'église avec la famille d'Ernelle. Il n'y a pas d'autre enfant que moi. Je reste entre maman et Catherine. Maman raconte à Alix, une voisine, ce qui s'est dit hier soir à la veillée. Alix pose ses mains à plat sur ses joues comme si elle était catastrophée. Puis les hommes sortent en portant le cercueil et il faut se rendre au cimetière. Maman me renvoie à la maison parce que ce n'est pas une chose pour les enfants.

Devant chez moi je trouve Mieg Lebuin et Jean Watrin couverts de plaies et de bosses. Ils se sont encore battus avec ceux de Maxey, qu'ils appellent les Bourguignons ou les félons tandis que les autres les traitent de vaincus. Simon Musnier passe avec sur son épaule un fagot de petit bois que sa mère l'a envoyé chercher pour allumer le four. Nous avons tous à peu près le même âge mais Simon est petit et chétif, il est souvent malade et sa mère lui interdit de se battre. Elle dit qu'elle en fera un curé s'il n'est bon à rien d'autre.

Mieg au contraire semble plus âgé. Il a une grosse tête et de grandes mains et il parle fort. Parfois il me fait un peu peur

J'attends maman et Catherine, nous devons préparer des galettes pour la fête des mais[3] ce dimanche. C'est la première fête de la belle saison et elle se passe en plein air près de l'arbre aux fées. On plante un mât au milieu de la clairière, décoré de rubans de toutes les couleurs. Le matin de bonne heure les garçons vont couper un petit arbre qu'ils apportent devant la maison de leur bien aimée. On dit qu'ils vont esmayer les damoiselles. Les filles sortent alors de leur maison avec des couronnes de fleurs, vêtues de leur plus jolie robe, puis ils font des farandoles dans le village. Parfois, pour se moquer, les garçons plantent devant la maison des filles des arbres garnis de savates ou de fruits pourris et la fille n'a plus qu'à raser les murs jusqu'à l'année suivante. Catherine dit que ce sont les garçons éconduits qui font ça pour se venger.

Les cousins D'arc et ceux de Vouthon viennent passer la journée avec nous et nous donnent des nouvelles de toute la famille. Après la messe, les hommes font sur le pré des concours d'archers, c'est toujours mon père qui gagne, c'est le chef des archers ! Ensuite, les cavaliers courent la quintaine sur leurs gros chevaux de ferme [4] puis jouent à la soule[5].

---

[3] *Répandue dans toute l'Europe, la tradition des arbres de mai est un rite de fécondité lié au retour de la frondaison.*
[4] *Jeu d'adresse consistant pour un cavalier à percuter avec sa lance tendue un mannequin accroché sur un mat fixe ou pivotant*

Nous, les enfants, nous avons nos jeux, les garçons tirent les filles dans de petites charrettes, les filles courent derrière leur cerceau, et à la tombée du jour nous jouons à cligne-musette[6].

Le soir on mange tous ensemble sur des grandes tables apportées depuis le village et on danse sous le mât décoré à la lumière des flambeaux. J'adore regarder la quintaine, mais maman dit que ce n'est pas pour les filles et qu'il faut savoir monter à cheval.

---

[5] *Ancêtre du football.*
[6] *Cache-cache. (Celui qui ferme les yeux 'cligne' pendant que les autres 'musent' – vont se cacher)*

Chapitre 3

L'été sera bientôt là. Le neveu de maman Nicolas qui est moine à Cheminon est en visite pour quelques jours. Il est morose. Le funeste mariage royal a eu lieu il y a deux semaines et il nous raconte ce qu'il a ouï dire d'une union d'un faste jamais vu dans cette bonne ville de Troyes.

- La reine Isabeau et sa fille sont arrivées devant l'église Saint Jean de Troyes au son des trompilles et des clairons, dans un chariot doré décoré de drap de velours violet et attelé de chevaux anglais blancs. Un grand nombre de dames et de damoiselles suivaient dans d'autres chariots, parées de magnifiques atours de velours, d'or et d'argent. Venaient ensuite les chevaliers anglais montés sur des palefrois richement caparaçonnés, vêtus eux aussi de drap d'or et chargés de pierreries. Il parait que les tissus de soie et de damas des habits du roi, de la reine et de leur fille ont été fabriqués spécialement à Lucques en Toscane[7]. C'était grande pitié de voir cette débauche de richesses étalée pour la perte du royaume.

---

[7] *Jean de Luxembourg avait acheté la ville de Lucques, réputée pour ses soieries. Ne disposant pas des moyens militaires pour la défendre, il en revendit la seigneurie en 1334 pour 35 000 florins au roi de France Philippe VI de Valois et Charles VI en hérita. De ce fait les Lucquois se considéraient souvent comme sujets du roi de France. Les propriétaires se succédèrent et Lucques passa sous la domination de Pise en 1342.*

J'imagine le cortège royal, les dorures et la musique. C'est comme dans les histoires de fées et de princesses que maman me raconte.

- C'est beau, la Toscane, dit rêveusement maman qui y est passée pour aller à Rome.

Mon père lui balance un coup de coude et un regard noir. L'heure n'est pas à la nostalgie.

- Dès le lendemain de la cérémonie, reprend frère Nicolas, le roi d'Angleterre a planté là les invités, la cour et sa jeune épousée et il est reparti chevaucher sur Sens avec ses chevaliers pour s'emparer de la ville, encore aux mains des partisans du Dauphin. Quelques jours plus tard, il avait déjà confisqué tous les pouvoirs de la couronne en faisant état de sa qualité d'héritier du trône et de l'incapacité du roi Charles à gouverner.

- Mais alors, la fille du roi de France est reine d'Angleterre maintenant ? demande maman.

Mon père lui donne un nouveau coup de coude et lui demande si elle n'a rien à faire à la cuisine.

- Que devient le Dauphin, le vrai héritier du trône ? demande Jacquemin, qui décidément se soucie bien du sort de ce pauvre Charles exilé en Berry. Peut-être que sa qualité de fils aîné et d'héritier le rend solidaire ? Après tout il est un peu le Dauphin de la famille !

Cette fois, Jean et Pierre, mes deux autres frères, s'approchent pour mieux entendre.

- Le Dauphin Charles essaie d'organiser la résistance avec les Armagnacs.

Je vois dans leur regard qu'ils ne sont pas sûrs de savoir qui sont les Armagnacs, mais la résistance, ça leur parle. Avant-hier ils ont mis une tannée à ceux de Maxey, qui disaient que les Bourguignons avaient gagné avec les Anglais contre nous, et qu'ils pilleraient bientôt notre village. Ils sont rentrés en lambeaux et se sont fait punir, mais Pierre avait un sourire radieux sous son nez en sang. Les autres devaient être mal en point. Avec maman, nous n'avons pas encore fini de raccommoder les accrocs à leurs cottes. J'espère qu'ils auront meilleure mine pour la fête dimanche.

Chapitre 4

31 Août 1422

Ce matin comme tous les samedis, les filles du village vont prier Saint Thibault et la Vierge à la chapelle de Bermont, sur la colline au-dessus de Greux. Nous partons en procession sous un ciel chargé de gros nuages noirs que le soleil peine à percer, avec des cierges que nous allumerons dans la clairière un peu avant d'arriver. Quelques garçons et filles plus âgés et de jeunes adultes nous accompagnent pour veiller sur nous. Ce matin c'est ma sœur Catherine qui ferme la marche.

En passant à Greux, Colin le fils du maire rejoint la procession avec les frères Morel. Au bout de quelques minutes, je me retourne et je vois que Colin et Catherine à l'arrière ont ralenti le pas et se tiennent un peu loin du groupe mais tout près l'un de l'autre. Colin rougit souvent quand il parle à Catherine. Parfois même il enlève son bonnet qu'il triture dans ses mains comme s'il était à l'église, en n'osant pas la regarder, et bafouille pendant que ses oreilles ont l'air sur le point de prendre feu.

Au lieu de se moquer comme j'aurais envie de le faire s'il s'adressait à moi, Catherine hoche la tête en souriant, comme si elle encourageait les mots à sortir. Après Greux, ça grimpe et il fait déjà chaud. Nous nous mettons en rang par deux sur le chemin étroit bordé de fleurs qui serpente dans la forêt, et j'arrête de parler avec Hauviette pour garder mon souffle. Nous faisons une halte pour cueillir des bouquets pour l'église. Catherine et Colin s'arrêtent un peu plus loin et s'asseyent un moment au bord du chemin en continuant à parler.

On dit que la statue de la Vierge qui est dans cette église peut faire des miracles. Alors chaque samedi, je prie de toutes mes forces pour que les Anglais soient foudroyés avec leur roi, que le roi de France se réveille de sa folie et retourne à Paris victorieux, et aussi que ceux de Maxey arrêtent de faire les fiers-à-bras parce qu'ils sont aujourd'hui du côté des plus forts.

L'orage nous a surpris sur le chemin du retour et nous avons dévalé la colline en courant et en piaillant comme une volée de moineaux. Je suis arrivée ruisselante à la maison, mes pieds trempés dans mes sabots transformés en petites écuelles d'eau. Le temps que maman me sèche, on n'avait toujours pas vu revenir Catherine. Maman était inquiète. Puis la pluie s'est arrêtée, le soleil est revenu, et Catherine est arrivée, à peine mouillée. Elle s'était mise à l'abri avec Colin à Greux. Maman a plissé les yeux et elle a répété :

- Ah oui ? A l'abri avec Colin ! J'imagine qu'à la chapelle de Bermont tu as prié pour qu'il y ait de l'orage ?

Catherine a souri en coin et a entrepris de sécher ses sabots.

***

Depuis samedi dernier Catherine est toute rêveuse. Parfois elle est perdue dans ses pensées et elle n'entend pas quand je lui parle. Ce soir au moment où on allait se mettre à table, nous avons entendu un cavalier arriver dans la cour dans un grand bruit de cavalcade. Mon père s'est levé d'un bond et il est sorti devant la maison. Nous nous sommes tous serrés prudemment sur le seuil, derrière maman et Jacquemin. J'ai pu apercevoir son cheval noir, immense, magnifique, luisant de sueur. Mon père l'a reconnu, c'était le chevaucheur qui apportait les nouvelles au capitaine Robert de Baudricourt à Vaucouleurs, et qui parfois faisait un détour pour lui remettre des documents.

- Le roi d'Angleterre est mort samedi dernier, annonça-t-il à peine avait-il mis pied à terre. Je reviens de porter la nouvelle à Vaucouleurs.

Je me suis mise à trembler sur mes jambes. C'était moi la responsable, mes prières avaient été exaucées !

- Il est mort au château de Vincennes, de dysenterie, dans une puanteur indicible. Au moment où je suis parti, on l'avait mis à bouillir comme un pot-au-feu dans les cuisines du château, pour renvoyer les morceaux en Angleterre. Par cette chaleur, le corps n'aurait pas supporté la semaine de voyage pour aller jusqu'à Londres[8].

Je me suis enfuie et je suis sortie par derrière pour aller vomir.

---

[8] *Selon une pratique régulièrement attestée, le « mos teutonicus », «usage teuton », le corps d'Henri V fut « bouilli en une poesle tellement que la chair se sépara des os. » L'eau qui restait fut jetée au cimetière de Vincennes. Les os avec la chair furent mis en un coffre de plomb avec plusieurs espèces d'épices, de drogues odoriférantes et choses sentant bon. »(Chronique de Juvenal des Ursins)*

Quand je suis revenue dans la salle, il était attablé avec nous et il continuait à raconter que le roi d'Angleterre, qu'on avait vu si puissant et gaillard au moment de son mariage deux ans plus tôt avec la fille du roi de France, n'était plus le même depuis la mort de son frère dans une bataille contre l'armée du Dauphin Charles, et la naissance de son fils, moins d'une année auparavant, ne lui avait pas redonné son ardeur passée. La guerre d'usure qu'il avait menée dans un froid glacial pendant plusieurs mois l'hiver précédent au siège de Meaux, avant que la ville ne se rende finalement au mois de mai, avait encore altéré sa santé. Dans les miasmes du château de Vincennes en cette touffeur de fin d'août, il avait dû manger quelque denrée passée et était mort au bout de quelques jours.

Il ne serait jamais couronné roi de France, et c'est pour cela qu'on avait décidé de renvoyer son corps en Angleterre. Son fils, un bébé de dix mois, avait été proclamé le nouveau roi d'Angleterre et de France sous le nom de Henry VI.

A ce moment mon père s'étrangla.

- Comment ça, roi de France ? Il n'a pas le droit, nous avons toujours un roi il me semble ?

J'ai commencé à ne plus rien comprendre. Qui était le roi de France alors ? Un bébé ou un fou ?

Le chevaucheur continua.

- C'est le frère du feu roi, Jean de Lancastre, duc de Bedford, qui assurera la régence pour la France et l'éducation du petit roi et son autre frère Humphrey qui sera régent en Angleterre.

- Si nous ne faisons rien nous allons tous devenir Anglais ! s'alarma mon père.

- Qu'est devenue la reine française ? demanda maman.

- La reine est à Windsor en Angleterre avec l'enfant et elle y restera sans doute.

- Est-ce que ce ne serait pas le moment d'agir contre les Anglais avant que le nouveau gouvernement ne soit organisé ? reprit mon père en baissant la voix.

- Le Dauphin Charles, y travaille, mais il doit se battre sur tous les fronts. Les Bourguignons vont certainement resserrer les rangs et en profiter pour terroriser le peuple. Vous devriez prendre garde à vos gens et à vos bêtes, les routiers vont certainement reprendre les pillages. Et que pourriez-vous faire, dans ce village qui n'est qu'un fragment du royaume pressé d'ennemis de toutes parts ? Il vous faudrait aller vous battre en France au côté des troupes du Dauphin.

Il est remonté à cheval, a éperonné et il est reparti en soulevant un nuage de poussière qui s'est dissipé lentement autour de mon père. Nous sommes tous rentrés en silence. Jacquemin avait l'air fort contrarié. Il a donné un coup de poing dans le mur. Je suis allée me coucher avec Catherine. Mon père a pris un flambeau et il est sorti dans la nuit tombante.

De mon lit, j'entends qu'il est rentré avec plusieurs hommes du village, je reconnais la voix de certains. Il leur raconte ce que le chevaucheur lui a dit tout à l'heure. Demain il rassemblera hommes, femmes, enfants, bêtes et vivres et nous irons tous pour quelques jours au château de l'Isle qu'il loue avec d'autres laboureurs en attendant qu'il s'assure que nous pouvons redescendre au village sans danger.

Catherine me tire vers elle et je me glisse sous son bras.

- Ne crains rien ma Jeannette, Dieu veille sur nous et notre père nous mettra demain à l'abri. Je vais te dire un secret : ce soir Jacquemin est dépité car il voulait demander à notre père la permission de se fiancer. Et maintenant ce n'est plus le moment. Il va devoir attendre.

- Mais avec qui ?

- Je t'ai confié un secret, mais ça, c'est à lui de le dire.

***

Dimanche 8 septembre 1422

Ce matin après la messe mon père a rassemblé les habitants du village devant l'église, et il a annoncé ce qui a été décidé hier soir. Nous avons la journée pour rassembler des vivres et les charger sur des charrettes, avec de la vaisselle et quelques vêtements, et ce soir nous devons tous être au château de l'Isle. Certains protestent qu'ils ont autre chose à faire que de se cacher dans cette ruine trop petite pour nous accueillir tous, qu'on n'a aucune certitude que nous allons être attaqués, et qu'on ne peut pas perdre des journées de travail à la vigne et aux champs sur une tocade de Jacques D'arc.

A ce moment, deux cavaliers surgissent au galop sur la place de l'église. Les femmes reculent, les enfants cachés dans leurs jupes. Les cavaliers s'arrêtent au milieu du cercle des hommes et sans descendre de cheval, annoncent que Ligny a été attaqué par les routiers, les maisons brûlées et le bétail volé, sans compter ce qu'ils ne peuvent pas dire devant les femmes et les enfants. Et ils repartent aussi brutalement qu'ils sont arrivés pour prévenir les villages suivants. Sans ce fracas de sabots et ce nuage de poussière, on aurait pu se demander si on n'avait pas rêvé. Personne ne bouge. Après un moment de stupeur, un de ceux qui avaient protesté s'approche de mon père et lui serre l'épaule de sa grosse main calleuse en hochant la tête.

- Je vais charger ma charrette, dit-il.

Il part vers son logis, suivi de sa femme et de ses filles, et les autres hommes chacun leur tour passent devant mon père en lui faisant un signe de la tête. Nous filons à la maison pour rassembler nos affaires. Mon père nous dit de prendre deux gerbes de paille que nous répandrons sur le sol pour dormir. Lui-même gardera le château avec les hommes. Nous chargeons les vivres et un peu de vaisselle, et les garçons montent sur le plateau de la charrette un coffre qui contient le maigre avoir de quelque valeur que nous possédons et des registres de mon père. Dans l'après-midi nous sommes prêts.

Les hommes ont creusé une fosse et enterré ce qu'ils ont pu de tonneaux de vin et de bière, et de toutes sortes de choses qu'on n'a pas pu emporter. Ils ont comblé le trou avec de la paille, ont disposé des planches au-dessus et couvert le tout d'un tas de fumier. La cachette est insoupçonnable. Le père Brunet craint que son vin ne sente la merde. Mon père lui répond que s'il est encore en vie d'ici quelques jours pour boire du vin, il le trouvera délicieux quel qu'en soit le goût.

Mon père et Jacquemin, exténués, montent les chevaux avec chacun un de mes autres frères en croupe, maman mène la charrette attelée du bœuf, Catherine et moi nous sommes assises au sommet du chargement et nous surveillons les deux vaches attachées derrière. On a mené les cochons aux bois, c'est là qu'ils seront le mieux, ils sauront se nourrir tout seuls pendant quelques jours et ils reviendront quand on les appellera. Ce n'est pas bête, un cochon ! On a laissé les poules et les oies parce qu'on ne savait pas quoi en faire, mais on a ouvert l'enclos et elles sont libres de partir ou de rester. Les moutons sont rassemblés à l'écart de la route, on les a emmenés au pré sur le chemin de Vouthon, j'espère que nous les retrouverons tous. C'est ce qui risque le plus si les routiers passent par là et que ces stupides animaux se mettent à bêler.

Nous sommes les derniers. Avant de partir, mon père et quelques hommes ont étalé un petit tas de paille à l'entrée du village. Depuis le château, les guetteurs verront les routiers arriver de loin, et on enverra un archer lancer une flèche enflammée sur le tas de paille. C'est un pauvre leurre, mais mon père espère que si ces brigands, qui passent toujours au galop, ont l'impression de traverser un village désert déjà dévasté ils n'auront pas l'idée d'aller fureter dans les coins pour vérifier s'il reste quelque chose à voler.

Nous sommes entrés dans la cour du château, la nouvelle herse a été descendue et les lourdes portes toutes neuves refermées et bloquées par un épar. Les charrettes sont alignées dans la cour, les bêtes poussées tant bien que mal dans les écuries, les femmes ont déjà installé cinq ou six feux et les marmites pendent au-dessus des braises, accrochées par des chaînes aux trépieds. Pendant que mon père et les garçons s'occupent de la charrette, j'entre dans la bâtisse avec Catherine et maman. Ça grouille de monde partout. Des commères sont prêtes à en venir aux mains pour un coin de remise sans trou au plafond où installer leur paillasse. Les murs sont noirs et les dalles sont sales et pleines de crottes de souris et d'oiseaux. L'escalier de la tour aux marches branlantes est encombré, et une fois à l'étage c'est encore pire. Maman décrète que nous dormirons sous la charrette, il fait bon et nous serons plus près de nos affaires tout en respirant un air plus sain.

Le silence se fait quand mon père monte sur la margelle du puits pour parler aux villageois rassemblés dans la cour du château. Tout le monde veut écouter ce qu'il a à dire. Des flambeaux commencent à s'allumer.

- Vous êtes ici en sécurité. Nous allons faire des tours de veille avec les archers du village sur le chemin de ronde et le château sera gardé toute la nuit. Des volontaires sortiront par la poterne pour aller dans les environs et essayer de savoir où sont les routiers. Ils ne restent jamais longtemps au même endroit. S'ils doivent passer par le village, nous enflammerons le tas de paille pour leur faire croire que d'autres sont passés avant eux et que le bétail a déjà été volé.

Le château n'est pas grand, mais nous n'y sommes pas pour longtemps, et vous avez la chance d'avoir un endroit où vous réfugier tout près du village. Nous rentrerons bientôt chez nous.

Une clameur d'approbation retentit, et il descend du puits pour nous rejoindre autour du feu que nous partageons avec nos voisins les Humblot et les parents d'Hauviette. Sa maman a préparé une soupe au lard et son père a apporté du vin de ses vignes. Dès que j'ai fini mon écuelle, je pars avec Hauviette à la recherche de Mengette, Ysabelot et de nos autres amies. Nous tombons sur Mieg et Simon et nous décidons d'explorer le château, c'est la première fois que nous pouvons nous y promener librement. Nous faisons le tour du bâtiment. Les archers sont déjà en place tout autour du chemin de ronde.

- On monte ? dit Mieg.

- On n'a pas le droit, répond Simon.

- Allez, vite fait, on doit voir loin depuis le haut des murs.

- il fait nuit, balourd, on ne verra rien, dit Hauviette.

Il commence à gravir à la lueur de la lune l'étroit escalier de pierres chancelantes appuyé à la muraille. Le chemin de ronde n'est qu'un rebord étroit qui longe le faîte du mur, rafistolé tant bien que mal avec des pierres mal jointes, où nous voyons se découper sur le ciel étoilé les ombres des guetteurs qui se déplacent avec précaution pour ne pas tomber. Nous le suivons en file. Je suis la première des filles, Hauviette et Mengette sont encore en bas des marches et Ysabelot ne veut pas monter. Dès que Mieg atteint le haut de l'escalier, il est repéré par le père Brunet.

- Fichez moi le camp bande de petits morveux, on n'est pas là pour s'amuser !

Mieg n'a pas peur de casser la figure à ceux de Maxey, mais devant le père Brunet, armé de son arc et revêtu d'un vieux camail rouillé, il ne demande pas son reste et fait demi-tour. Nous en faisons tous autant avec un bel ensemble et nous dévalons l'escalier en rigolant au risque de nous rompre le cou. En me retournant, j'ai le temps d'apercevoir Jacquemin et Catherine Corviset. Elle est assise sur le sol contre le mur contre l'écurie, les jambes tendues devant elle, et Jacquemin est allongé en travers, la tête sur sa robe. Il regarde le ciel en mâchonnant un brin d'herbe.

Certains feux sont déjà éteints, tout est calme, d'autres discutent assis en cercle. On entend parfois fuser un rire étouffé. C'est un peu comme une fête d'été étrangement silencieuse. Je me glisse sous la charrette où maman dort déjà. Je soulève le manteau dont elle s'est couverte et je me colle à elle. Il fait un peu frais. Catherine n'est pas là, mais je crois savoir avec qui elle est. Je dis rapidement mes prières. Demain je devrai me confesser et faire pénitence pour être montée sur la muraille.

Chapitre 5

La nuit s'est passée tranquillement, je me réveille sous la charrette en entendant un coq chanter au loin. Au moins celui-là les routiers ne l'ont pas eu !

Des formes commencent à bouger dans le petit matin, on voit déjà ici et là les petites fumées des feux qu'on allume sous les chaudrons. Rapidement, de plus en plus de silhouettes se lèvent et s'ébrouent, un brouhaha étouffé monte de la cour. Les hommes s'éloignent le long des courtines pour pisser, et les femmes font la queue devant les latrines. Ceux qui ont dormi à l'intérieur commencent aussi à bouger, et on voit des têtes mal réveillées s'encadrer dans les ouvertures carrés qui jadis étaient les fenêtres.

Mon père arrive près de la charrette avec Jean et Pierre. Ils ont des cercles foncés autour des yeux et les traits tirés. Pierre s'écroule sur la paille à plat ventre et il s'endort. Maman se lève et époussette les brins de paille accrochés à ses vêtements, et nous allons chercher de quoi nous nourrir. Catherine dort toujours.

Un beau soleil d'automne se lève tandis que mon père et les garçons ont pris notre place sur la paille sous la charrette. Après un bol de bouillon et une tranche de pain rassis, je cherche mes amies et les garçons. Ils ont tous dormi à l'intérieur du château, et Mengette dit que pour rien au monde elle ne serait châtelaine s'il faut dormir avec des chauves-souris.

- Bécasse, lui dit Hauviette, quand le château était habité il y avait des croisées aux fenêtres et c'était propre ! Et la châtelaine devait dormir sur un bon matelas de laine de mouton avec un édredon de plume de canard !

Il y a trop de monde dans la cour pour jouer à quelque chose d'amusant, nous nous asseyons sous un pommier qui a poussé entre deux pierres disjointes des courtines. Soudain il y a de l'agitation près du donjon. Nous nous approchons. Un guetteur a aperçu une troupe qui s'avançait sur la route, une vingtaine de chevaux. Deux archers sont envoyés immédiatement en direction du village, l'un portant une cage de braises, l'autre un grand arc et une flèche enduite de poix. Le tas de paille n'est pas à portée de tir depuis le chemin de ronde, mais il ne leur faudra que quelques minutes. Tout le monde reste figé, on n'ose à peine respirer. S'ils ne sont pas d'ici, les brigands ne doivent pas savoir que le château a été réparé. De loin, il a encore l'air d'une ruine. Mon père et les garçons se sont levés.

Bientôt, nous voyons par-dessus les murs un petit nuage de fumée. Les deux archers sont rentrés par la poterne, qui est immédiatement bloquée par un lourd madrier, et une charrette est poussée devant. On entend déjà le galop des chevaux qui se rapproche sur la route plus bas et les cris sauvages des routiers qui arrivent sur le village. Pas rassurée, j'ai rejoint maman, Catherine et notre charrette, et bien que ce soit inutile, elle nous tire derrière elle. Elle sait ce que ces bandes sans foi ni loi font aux jeunes filles.

On ne les entend plus. Ils doivent s'être arrêtés au village et ils ont vu que le feu n'était qu'un leurre. Ils vont nous chercher et Dieu sait ce qu'ils vont nous faire. C'était une mauvaise idée, ils auront compris que nous n'avons pas pris la fuite et que nous ne sommes pas loin. Je prie avec désespoir, mon Dieu sauvez-nous. Mon père est avec les hommes sur le chemin de ronde pour essayer d'apercevoir quelque chose.

Bientôt d'autres fumerolles s'élèvent dans le ciel, deviennent rapidement un épais nuage, puis un cri guerrier précède une nouvelle galopade dont le bruit s'évanouit peu à peu dans le lointain. On échange des regards épouvantés. Pour punir les habitants d'avoir essayé de les tromper, et en rage de n'avoir rien trouvé à voler, ils ont mis le feu au village. Qui de nous ne va retrouver qu'un tas de cendres de ses maigres possessions ? La plupart des maisons sont collées, si l'une prend feu, c'est toute la rue qui brûle.

Mon frère Jacquemin est désigné pour partir en reconnaissance avec deux autre garçons. Si la voie est libre ils sonneront de la trompe et tout le village pourra accourir pour éteindre l'incendie. Les hommes filent à l'écurie pour seller leurs chevaux.

Quelques minutes plus tard, à peine le signal est-il donné que les cavaliers se ruent sous la herse à peine levée. Les femmes rangent les affaires en hâte et chargent les charrettes. Avec Hauviette et Mieg nous descendons au village en courant à perdre haleine. Les hommes ont trouvé des seaux et ils font la chaîne depuis le ruisseau pour éteindre la maison d'Estellin, du toit de laquelle s'échappent déjà des flammèches. Celle-ci heureusement n'est pas collée aux autres et se trouve au milieu d'une cour. D'autres ont éloigné tout ce qui se trouvait aux abords, charrue et outils. Estellin jette désespérément des seaux d'eau sur les murs déjà calcinés, mais bientôt on entend des craquements sinistres, les poutres sont en train de se briser. La maison est perdue. Sa femme Béatrice, qui est aussi ma marraine, pousse des hurlements et se débat, tenue par les femmes qui veulent l'empêcher de se précipiter à l'intérieur. A peine les hommes ont-ils réussi à faire reculer tout le monde que la maison s'effondre sur elle-même dans un grand fracas en projetant partout des étincelles et des escarbilles. La paille éparpillée dans la cour commence à prendre feu et les hommes se précipitent avec des pelles et des seaux d'eau pour éteindre les brasiers qui sont en train de s'allumer un peu partout, menaçant d'enflammer la grange et l'écurie. D'autres départs de feux dans le village ont heureusement été éteints rapidement.

Je dois être plantée là depuis un bon moment avec les autres enfants, nous sommes tous paralysés d'effroi. De ma courte vie je n'ai jamais vu un tel malheur et je réalise que cela aurait pu nous arriver. C'est notre maison qui aurait pu brûler et alors comme Estellin nous n'aurions plus rien. C'est donc ça les routiers ? Que serait-il arrivé si mon père n'avait pas mis tout le monde à l'abri ?

Jacquemin, couvert de sueur, la figure et les mains noires de cendres vient nous secouer.

- Ne restez pas là, les petits, rentrez chez vous. Tout le village va se réunir devant l'église.

Bien entendu nous n'en faisons rien et nous suivons le mouvement jusqu'à l'église. En passant devant ma maison, je vois que maman est rentrée et qu'elle a presque déjà déchargé la charrette.

C'est à nouveau mon père qui parle au milieu du cercle, tandis qu'Estellin et Béatrice sont entourés et réconfortés. Il demande que tout le monde donne quelque chose, linge, vaisselle, provisions, pour qu'ils puissent s'installer provisoirement dans leur grange. On leur a proposé de les héberger, mais ils préfèrent rester chez eux. Il demande aussi que les hommes se réunissent le lendemain pour que chacun contribue dans ses possibilités à la reconstruction de la maison. Le couvreur de toit Lacloppe[9] s'avance en premier et dit qu'il a un tas de vieilles tuiles en assez bon état qu'il met à disposition et qu'il les posera gratuitement pour peu qu'on l'aide. Les autres suivent.

Pour terminer, mon père dit qu'aujourd'hui nous pouvons reconstruire une maison, mais que si demain le village entier brûle, ce sera une tout autre affaire, et que nous devons nous tenir sur nos gardes. Puis il déclare qu'on va sortir un tonneau de vin de la fosse, pour que chacun reprenne goût à la vie au plus vite. Au moins le bétail n'a pas été menacé, et les brigands ne sont pas restés assez longtemps pour voler des bêtes. Demain elles seront recherchées, rassemblées et ramenées au village. Déjà les poules

---

[9] *Le couvreur de toit Bertrand Lacloppe, à l'âge de quatre-vingt-dix ans, sera témoin au procès en nullité de Jeanne D'Arc en 1456.*

41

qui s'étaient enfuies reviennent toutes seules dans les poulaillers où elles avaient leurs habitudes.

Seuls quelques hommes se sont joints aux réjouissances. La plupart ont préféré rentrer chez eux, pour être au plus près de ce qu'ils ont failli perdre.

Avant de retourner à la maison je suis allée à l'église. J'ai prié pour que la maison d'Estellin soit vite reconstruite et que les routiers ne reviennent plus. Sainte Marguerite me regardait d'un air navré, comme pour me dire qu'elle ne pourrait pas l'empêcher. Puis je me suis avancée vers le chœur et j'ai dit dix Pater et dix Ave.

Ce soir j'ai fait mes prières et j'ai remercié Dieu et la Vierge d'avoir épargné notre maison. Mais je ne peux pas dormir. Tout se mélange dans ma tête. Je ne comprends pas qui sont ces routiers, pourquoi ils sont si méchants. On dit que ce sont des bourguignons, comme ceux de Maxey, et les Bourguignons sont du côté des Anglais. Mais même si les gamins de Maxey se battent avec les nôtres, les habitants de ce village sont des paysans comme nous, ils ne viendraient pas brûler nos maisons comme nous n'irions pas brûler les leurs. Je me serre contre Catherine et je vois qu'elle aussi a les yeux grands ouverts. A partir de maintenant, nous vivrons dans la peur.

Chapitre 6

15 novembre 1422

Mon père est rentré de Vaucouleurs tout à l'heure à la nuit tombante. La neige est en avance cette année, nous ne sommes pas sorties de la journée. Avec Catherine et maman, nous avons nettoyé la maison, puis cousu tant qu'on y voyait, tout en surveillant la soupe dans le chaudron. Maman nous a parlé de la bible et des Saints. Elle nous a raconté encore une fois l'histoire de Sainte Catherine d'Alexandrie, une jeune fille très belle et très courageuse qui a refusé de se marier avec un empereur car elle s'était secrètement fiancée à Jésus dans son cœur. Elle n'a pas cédé et elle est restée pure sous la torture. C'est pour cela que c'est une Sainte. Sainte Marguerite aussi a refusé de se marier. Moi j'aimerais bien être pure et sainte, mais je n'ai pas envie d'être torturée.

Nous avons entendu un martèlement de sabots un peu étouffé par la neige, et quelques minutes plus tard, le temps qu'il mette le cheval à l'écurie, mon père est entré dans la maison les épaules basses sous son lourd manteau, accompagné de quelques flocons tournoyants. Il était parti aux nouvelles auprès de Robert de Beaudricourt, le capitaine de la forteresse de Vaucouleurs.

Depuis que nous avons appris la mort du roi de France, quelques semaines seulement après celle du roi d'Angleterre, dans les campagnes comme dans les villes et les châteaux, tout le monde est en grande affliction. C'est comme s'il nous avait abandonnés en nous livrant aux Anglais, puisque selon les termes du traité de Troyes c'est le roi d'Angleterre qui va devenir roi de France. Que va-t-il advenir de nous ? Depuis que les routiers ont brûlé la maison d'Estellin, la peur me serre de plus en plus le cœur et j'ai du mal à trouver le sommeil. La nuit je guette le moindre bruit et je sursaute au premier claquement de sabots sur la route.

Assis autour de la table avec quelques voisins, devant des pichets de bière, mon père raconte les détails que lui a donnés Baudricourt, bien placé pour être informé, puisqu'il est le conseiller du duc de Bar. Maman, Catherine et moi filons devant la cheminée, assises autour du panier de laine, mais nous sommes plus attentives à ce qu'il va dire qu'à notre ouvrage.

- Baudricourt a appris que ces temps-ci le roi semblait un peu apaisé, les crises de folie s'espaçaient. Il menait une vie recluse sous la surveillance des Anglais avec ses valets, ses chiens et sa maîtresse Odette de Champdivers qu'on appelle 'la petite Reine'. Il chassait, jouait aux cartes et aux échecs, et semblait à mille lieues de se soucier du royaume.

Maman hausse les sourcils et ouvre de grands yeux. Elle arrête de filer en gardant sa quenouille coincée sous son bras et se tourne un peu sur sa chaise pour mieux entendre, l'air de rien. Je sais exactement ce qu'elle pense. Elle sait bien que tous les rois ont des maîtresses, c'est ce qu'on dit, mais elle est toujours scandalisée. Les liens du mariage sont sacrés. Et cette gourgandine, on l'appelle 'la petite Reine' par-dessus le marché ! Avec Catherine, nous baissons le nez sur notre fuseau pour ne pas rire malgré le tragique du récit de mon père.

- Il est tombé malade il y a un mois lors d'un séjour à Senlis, il est rentré à Paris avec les jambes enflées sans que ses médecins n'en trouvent la cause et il est mort quelques jours plus tard. Il n'aura survécu que peu de temps au roi d'Angleterre.

Le sort du Royaume semble scellé, puisque le Dauphin Charles a été déshérité, le petit roi d'Angleterre va devenir légitimement roi de France.

- Il a souffert sa passion comme le Christ, dit maman les larmes aux yeux.

- Le Dauphin va peut-être rentrer à Paris et réclamer sa couronne ? demande Gérardin en serrant sa chope entre ses mains comme si les Anglais allaient lui prendre.

- Il ne peut pas, Paris est occupé par les Anglais. Mais il s'est proclamé roi de France en récusant le traité de Troyes, soutenu par les Armagnacs, au prétexte qu'un traité signé par un roi fou n'est pas valable. Il va se faire couronner à Bourges.

- Vive le roi ! dit Jacquemin.

- Lequel ? le taquine Humblot. Parce que nous avons à nouveau deux rois, un régent, plus un duc de Bourgogne aussi puissant qu'un monarque et qui ferait bien de son duché un royaume. Nous aurons bientôt autant de rois que naguère on a eu de papes ! [10]

---

[10] *Le grand schisme d'occident a duré de 1378 à 1417, date à laquelle il a été résolu par le concile de Constance. Après la mort du Pape*

- Mais ça ne vaut pas ! dit Gérardin en tapant cette fois furieusement sa chope sur la table, projetant des éclaboussures de bière. C'est à Reims que le roi doit être couronné ! C'est là que se trouve la Sainte Ampoule, et sans onction, le roi n'est pas sanctifié ! C'est un roi en peau de lapin !

- Avons-nous une nouvelle reine ? demande maman.

- Oui, c'est Marie d'Anjou, la fille de Louis, duc d'Anjou et roi de Naples. Baudricourt qui la connaît dit qu'elle est d'une laideur à fuir les Anglais, avec le nez gros comme une botte et le menton fuyant !

Quelques rires discrets fusent.

- Il dit aussi que le duc fait son possible pour conseiller au mieux le jeune roi. Avec ce qui lui reste d'armée et ses alliés les Ecossais il défend les villes-ponts pour que les Anglais ne passent pas la Loire, mais il manque de ressources pour reconquérir Paris, les caisses du royaume sont vides et il n'a pas de quoi payer ses soldats. Il se dit qu'il a tellement de dettes que son épouse a dû vendre ses bijoux et sa bible, et même emprunter de l'argent à son valet. Le duc râle que ça lui coûte cher d'avoir voulu faire de sa fille une reine.

- Que fait-il de nos impôts ? demande Humblot.

Grégoire XI en 1378 les cardinaux se divisent et élisent chacun dans son camp Urbain VI à Rome, soutenu par l'Angleterre et l'Europe centrale, et Clément VII à Avignon, soutenu par le roi de France, l'Ecosse et l'Espagne. Le Concile de Pise élit un troisième pape, Alexandre V, remplacé à sa mort par Jean XXIII (qu'on appellera l'antipape, et son nom sera supprimé des listes et repris par un autre pape au XXe siècle). Ces trois papes s'étaient mutuellement excommuniés. Le concile de Constance les dépose tous les trois et élit un pape unique : Martin V.

- Seul un miracle pourrait maintenant sauver le royaume, conclut mon père.

A ce moment, une bille tombe sur le carrelage. Il se tourne vers la cheminée et croise le regard de ma mère.

Les enfants ne sont pas encore couchés ? Allez dire vos prières et que je ne vous entende plus !

Jean a ramassé sa bille et nous avons tous filé, sauf Jacquemin qui est resté assis avec les autres. Je me suis aperçue que mes frères aussi étaient atterrés de ce qu'ils avaient entendu.

Nous sommes restés un moment tous les quatre dans notre chambre, serrés les uns contre les autres sous la couverture.

- Ceux de Maxey vont nous démolir, maintenant, dit Pierre en tremblotant du menton.

Ça me met hors de moi.

- C'est sûr que si tu commences à pleurnicher, tu vas la prendre, ta dérouillée. Ils vont se sentir de plus en plus forts. Si tout le monde fait pareil on est vaincus ! La dernière fois vous les avez renvoyés chez eux à coups de pierres, ils ne sont pas plus forts depuis que le roi est mort !

Mon frère me regarde avec de grands yeux. Il n'a jamais vu une telle colère dans mes yeux. Je ne lui ai jamais parlé sur ce ton, il fait une bonne tête de plus que moi. Et je n'en reviens pas moi-même de m'être emportée si vite.

La haute silhouette de mon père s'encadre à contre-jour dans la porte, nous poussons tous le même cri de frayeur.

- J'ai dit pas un bruit ! tonne-t-il. Et les garçons dans leur chambre, tout de suite !

Il se met de profil sur le seuil pour laisser passer les garçons, et au passage Pierre prend un coup de pied au cul.

Je dis mes prières avec Catherine et je demande pardon à Dieu de m'être énervée contre mon frère. Demain j'irai me confesser. Je crois que je redoute moi aussi que le monde s'écroule. D'habitude mon père sait toujours quoi faire pour nous protéger, même la nuit quand j'ai peur que les routiers viennent, je sais qu'il est là. Mais ce soir nous avons vu que les adultes aussi semblaient perdus, et même mon père dit qu'il faudrait un miracle pour sauver le royaume. C'est comme si nous n'avions plus de rempart pour nous défendre et que nous étions à la merci des Anglais. Nous ne pouvons plus compter que sur Dieu. Il ne peut pas être du côté des Anglais.

Les voisins sont partis tard. Quand j'entends le chant du coq, je n'ai pas fermé l'œil.

Chapitre 7

Début Avril 1423

On n'a presque plus de fourrage pour les bêtes et l'herbe pousse à peine dans la boue qui gèle encore la nuit.

Bien entendu, au début de l'hiver, ceux de Maxey sont venus nous narguer en nous disant qu'ils étaient chez eux dorénavant, qu'ils feraient de nous leurs serfs et qu'on ne méritait pas mieux parce qu'on était bêtes comme des moutons et qu'on n'avait même pas d'école dans notre royaume de pouilleux. Ils ont pris une telle raclée qu'on ne les a plus vus jusqu'à Noël. Et quand ils sont revenus début janvier, il a suffi qu'on leur courre après. On s'y est tous mis avec ceux de Greux, les filles aussi, on les a pourchassés en brandissant des bâtons et en hurlant des cris de guerre, on avait l'impression d'être des milliers derrière eux. Et puis quand ils ont été hors de vue après le virage on s'est écroulés de rire sur le chemin, je ne pouvais plus respirer tellement je me tenais les côtes sous ma cape. Ça a été le seul moment réconfortant de l'hiver.

Je dors de moins en moins. On dit que les Anglais sont près de chez nous à l'est et qu'ils ravagent la région. Dès qu'une troupe de pillards est signalée, mon père fait sonner le tocsin, tout le monde rentre des champs en courant et prépare en hâte quelques affaires. Certains tiennent prêt un ballot spécial qu'ils n'ont qu'à attraper. Certaines fois l'alerte passe, on ne part pas et on retourne chacun à ses occupations. Ceux qui travaillent aux champs gardent un œil sur l'horizon d'où monte parfois le nuage de fumée d'un village qui brûle.

Dans l'hiver on est montés trois fois au château de l'Isle avec les charrettes et les bêtes, et c'était beaucoup moins agréable que la première fois. Il a fallu se serrer à l'intérieur pour ne pas mourir de froid, et certains se sont battus car la place manquait. Maintenant ceux de Greux et de Burey veulent venir aussi et on ne peut pas pousser les murs de cette vieille forteresse. Le village n'a pas été attaqué, mais à chaque fois en rentrant chez nous on n'a pas retrouvé toutes les bêtes.

Heureusement que l'église est tout près. Il a fait un tel froid que je ne suis guère sortie sauf à y être obligée, pour les processions du samedi à Bermont. Maintenant j'ai peur quand je suis seule dehors. Il n'y a qu'à l'église que je me sente un peu en sécurité. Maman dit que j'ai mauvaise mine et les yeux creux, elle veut me forcer à manger bien qu'on soit en carême. Je lui rappelle que nous devons jeuner et faire pénitence avant Pâques, sans lui dire que ça m'arrange bien parce que j'ai comme un nœud au milieu du ventre qui me coupe la faim, et elle me répond que je ne vais plus grandir si je ne mange pas, et que des brebis du seigneur mortes de faim ne peuvent pas rendre gloire à Dieu. Je fais semblant de céder et je verse ma soupe dans l'écuelle d'un de mes frères dès qu'elle a le dos tourné. Ensuite je vais à l'église demander pardon de l'avoir trompée.

Il n'y a pas eu de fête des fontaines à la mi-carême. On est seulement allés dire une prière à l'arbre des fées, qui avait encore ses branches noires et nues de l'hiver, comme s'il se retenait de revenir à la vie. Personne n'a envie de faire de fête. Je viens de me rendre compte que je ne ris plus beaucoup. A part l'épisode de la poursuite de ceux de Maxey, avec mes amies nous ne faisons plus jamais les folles, nous ne jouons plus aux princesses qui faisaient la dinette à l'arbre aux fées, nous n'avons plus d'amusements d'enfants. Ce n'est pas arrivé d'un coup, mais progressivement la légèreté nous a quittées.

La seule bonne nouvelle, c'est que Jacquemin s'est fiancé avec Catherine Corviset. Ses parents sont de Burey. Ils sont venus dimanche dernier, on est tous allés à la messe à Greux, et là après l'office, Jacquemin et Catherine ont prononcé les paroles de fiançailles devant tout le monde et le curé Minet les a bénis. On est rentrés manger à Domremy. Maman avait fait rôtir une oie. Avec mon frère Pierre et les petites sœurs de Catherine on a pris notre repas dans la chambre. Maintenant mon frère Jean reste lui aussi avec les adultes. Au début on entendait des souhaits et des plaisanteries un peu forcées. On sentait que le cœur n'y était pas. Les fiancés faisaient leur possible pour que ce moment qui était le leur soit empreint d'un semblant d'optimisme. Ils disaient que quand ils seraient mariés ils iraient s'installer à Vouthon sur des terres qui appartiennent à maman. Ensuite ils ont commencé à parler des Anglais, et alors le ton a baissé, on n'a plus entendu aucun rire. Comme d'habitude, on a tendu l'oreille.

Les Anglais et les Bourguignons ont signé un traité d'amitié éternelle, on a l'impression qu'ils se frottent les mains et qu'ils aiguisent les couteaux avant de nous égorger comme des cochons. Le Dauphin, je préfère l'appeler ainsi puisque son couronnement à Bourges compte pour des prunes, semble de plus en plus affaibli avec ses amis écossais. Et les Anglais avancent sans qu'on puisse les arrêter, comme quand la Meuse déborde au printemps.

Soudain mon sang s'est glacé. Le père Corviset a demandé si on avait des nouvelles du siège de Sermaizes. C'est là que vit mon oncle Jehan de Vouthon, un frère de maman qui est couvreur de toits !

- On ne sait pas grand-chose, a dit mon père d'une voix un peu étranglée. Il y a quelques jours, un routier gascon du nom de La Hire[11] a envahi Sermaizes. Ce fidèle du Dauphin Charles était venu dans la région avec ses mercenaires pour aider le duc de Lorraine à se défendre contre les Bourguignons, mais voilà que celui-ci s'est soudain rallié aux Anglais et aux Bourguignons et a décidé qu'il ne paierait pas les compagnies arrivées en renfort. Ce revirement a mis Lahire et les autres capitaines, Jean Raoulet et Perrin de Montdoré, dans une fureur noire car non seulement c'était une trahison au roi, mais il laissait ses soldats sans ressources. Depuis, La Hire et ses soudards portent la dévastation dans tout le Barrois, pillent et brûlent tout sur leur passage et jettent des foules de réfugiés sur les routes. A Ser-

---

[11]*Des années plus tard, à partir d'avril 1429, Etienne de Vignolles, surnommé La Hire, sera le compagnon d'armes de Jeanne. Il a également laissé son nom à la postérité : c'est le valet de cœur des jeux de cartes.*

maizes, presque tout le village s'est réfugié dans l'église fortifiée.

A ce moment, maman s'est mise à sangloter. Mon père a continué.

- Le gouverneur du duché de Bar a encerclé l'église avec deux cents cavaliers et des bombardes. Malheureusement un coup de bombarde a tué Collot Turleau, le mari de la nièce de ma femme.

Le silence est tombé comme un couvercle, puis on a entendu à nouveau les sanglots de maman. Je me suis mordu la main pour ne pas crier. Mes frères commençaient à pleurer. Ils connaissaient bien Collot, qui n'avait que quelques années de plus qu'eux et s'était marié à notre cousine Mengette deux ans plus tôt. Puis mon père a repris :

- je suis désolé, nous ne voulions pas en parler pour ne pas gâcher les fiançailles de Jacquemin et Catherine. On ne sait rien de plus, sauf que l'église n'est pas tombée.

Je me suis précipitée dans la salle et j'ai grimpé sur les genoux de maman. Pourquoi on ne m'a rien dit ?

- Tu te fais déjà tellement de souci, ma Jeannette, je ne voulais pas t'effrayer encore plus, dit maman en me serrant contre ses joues mouillées.

- Mais j'aurais pu prier pour son âme, maman.

Ainsi la mort est à notre porte, elle a déjà touché notre famille. Qui sera le suivant ?

L'après-midi je suis allée aux vêpres et j'ai prié pour Collot, et aussi pour Mengette, ma pauvre cousine déjà veuve que j'aime comme une sœur. Je me suis rendu compte que quand mon père avait dit 'l'église n'est pas tombée', ça voulait dire qu'ils étaient encore tous dedans, et que peut-être que d'autres allaient mourir. Je maudis la guerre. Je maudis les Anglais.

Je suis restée là à pleurer, appuyée contre le pilier glacé, jusqu'à ce que la nuit soit tombée et que la peur de rentrer toute seule dans le noir le dispute au chagrin.

***

Mon père a été nommé doyen du village. Maintenant c'est lui qui doit collecter les impôts. Je suis allée avec lui dans la maison communale, il y a un gros coffre carré à ferrures avec des poignées et une serrure compliquée, surveillé par le sergent qui habite au-dessus. La première tâche de mon père est de récupérer l'aide exigée par le comte de Salm pour les frais du siège de Sermaizes. Il se demande comment il va faire pour demander de l'argent à tous ces gens qui sont déjà dans le besoin.

Il doit aussi organiser la défense du village. Il a mis en place des tours de garde toutes les nuits par des volontaires. Tous les soirs il y a des réunions à la maison et on nous envoie coucher. Finies les veillées où on filait en écoutant maman raconter des histoires de chevaliers et de roses. D'un côté c'est rassurant cette maison pleine car on n'est pas seuls, mais d'un autre ce qu'ils racontent me terrorise encore plus. Alors au bout d'un moment, je me bouche les oreilles et je prie.

Le régent anglais a signé un traité avec le duc de Bourgogne et le duc de Bretagne. Et il s'est marié avec la fille du duc de Bourgogne. C'est comme une toile d'araignée qui se resserre autour des pauvres petites mouches que nous sommes.

A Sermaize, le siège est terminé. La Hire s'est rendu au comte fin avril, et il s'est enfui. Mon père a dû retenir maman qui voulait partir tout de suite voir son frère à l'annonce de la nouvelle. Jacquemin l'a accompagnée le lendemain, et ils sont restés une semaine pour les aider à remettre leur maison en ordre.

Il n'en est pas moins dangereux d'aller sur les routes, car les Anglais continuent à prendre des villes à l'Ouest, et du côté de la Lorraine c'est Robert de Sarrebrück, le seigneur de Commercy, qui vole et qui rançonne. Dans un village voisin, il a brûlé toutes les récoltes dans les champs pour punir les paysans qui ne voulaient pas se laisser dévaliser. Mon père dit que nous sommes bénis d'avoir encore un toit sur la tête et de quoi manger dans nos écuelles.

Je ne vais plus mener les bêtes à la pâture avec les autres enfants, on n'a plus le droit de sortir sans être accompagnés d'un adulte. Je vais tout de même à l'église tous les jours, et je prie la Vierge, Sainte Marguerite et Sainte Catherine mais surtout Saint Michel[12], c'est le chef de l'armée des Anges, et s'il a vaincu le dragon, il vaincra bien les Anglais.

Comme je m'ennuie à la maison, maman m'apprend les lettres. Je connais presque toutes celles de mon nom.

---

[12] *46 sanctuaires sont dédiés à Saint Michel en Lorraine. C'est le chef de la milice des anges du bien.*

***

Juillet 1423

Les Anglais sont à nos portes. On dit que des villes voisines sont tombées après de longs sièges meurtriers bien qu'elles eussent été défendues vaillamment, et que Vaucouleurs est en péril. Robert de Baudricourt a dû rappeler les sergents qui gardaient les villages de la châtellenie, et nous n'avons plus personne pour nous protéger.

Les troupes françaises aidées des Ecossais ont été écrasées à Cravant en Bourgogne fin juillet après une véritable boucherie. J'ai entendu dire que les Français avaient perdu six mille hommes. Six mille hommes ! Je n'imagine même pas ce que cela représente. Une ville, sans doute. Tous ces soldats qui ont été des enfants comme mes frères, qui ont grandi, pensé à ce qu'ils feraient plus tard, qui avaient une famille, tout ce précieux temps qu'il faut pour faire un homme perdu en un instant.

A chaque fois que j'entends parler d'une bataille et d'autant de morts, je me demande comment il est possible qu'il y ait toujours des soldats pour continuer la guerre. Notre petit morceau de royaume rétrécit et toutes ces nouvelles ont un goût de défaite proche. La naissance d'un fils au Dauphin est apparue dans ces ténèbres comme une petite lueur d'espoir, mais au village on n'a pas osé la célébrer, de peur que le nouveau-né ne vive pas et que nous ne soyons encore plus désespérés.

Je sursaute au moindre bruit inhabituel et je crois que je n'ai pas dormi depuis plusieurs jours. Je suis si fatiguée que dès que je m'assieds pour filer je commence à somnoler et je fais des cauchemars, je nous vois rôtir comme des lapins dans notre maison qui brûle. Alors j'essaie de bouger le plus possible, et cela ne me coûte aucun effort car je ne tiens pas en place. C'est comme si j'avais un besoin urgent de m'agiter pour me sentir vivante. Je ne reste tranquille que lorsque je prie, mais alors ce sont mes pensées qui tournent comme les ailes d'un moulin.

A partir d'un certain degré d'épuisement, je commence à me sentir flotter, et très rapidement je ne sens plus rien. Je me rends compte que j'aime être dans cet état. Je n'ai plus mal et je n'ai plus peur. Je me sens plus près de Dieu, forte et invincible, comme si mon corps avait disparu et que je ne sois plus qu'un pur esprit. Peut-être que c'est ainsi que l'on s'approche de la sainteté ? Ou bien est-ce la puissance de ma colère contre les Anglais qui me tient debout ? Cette pensée me torture et chaque jour à l'église je demande à mes Saintes de m'éclairer, mais elles ne m'aident pas. Et quand je me confesse le curé me répond qu'il m'absout et ça ne m'aide pas non plus. Je me demande si le curé Minet n'est pas devenu sourd comme un pot. On lui dirait des comptines qu'il nous absoudrait tout pareil.

Je vois bien que maman est inquiète, elle me sert plus de soupe qu'aux autres et après le repas elle vient souvent près de moi et elle fourre discrètement une petite galette dans ma poche. Je la garde jusqu'à ce que je rencontre le petit Simon Musnier et je la lui donne. Il me fait son gentil sourire à trous et il l'enfourne aussi sec avant de repartir les joues gonflées, avec son fagot de bois. Je me demande où il va

avec tous ces petits fagots à chaque fois que je le
croise.

Chapitre 8

Eté 1423

D'ordinaire, l'été, la maison est toujours fleurie des bouquets que Catherine et moi cueillons au bord des chemins quand nous menons les bêtes ou que nous nous promenons dans la forêt. Nous remontons le bas de nos tabliers pour faire une poche que nous remplissons de groseilles ou de mûres qui chaque jour sont déversées dans une jatte sur la table, couverte d'une gaze à cause des mouches. Mais cette année, l'été n'a ni les couleurs, ni les odeurs joyeuses d'antan.

Nous ne sortons guère plus loin que les lieux habités. Seuls mon père, Jacquemin et Jean vont aux champs et aux vignes, et ils ramènent les vaches en rentrant. Je ne vois plus les garçons du village qu'à la messe. Pierre a rejoint la garnison de Vaucouleurs pour apprendre à être soldat. Je ne m'étais pas aperçue que mon Pierrelot avait grandi à ce point. Un soir il a dit au souper qu'il ne pouvait pas rester là à ne rien faire pendant que le royaume était menacé de toutes parts, et que s'il fallait commencer par défendre Vaucouleurs, c'est là qu'il voulait être puisqu'on manquait de soldats. Maman a pleuré, mais mon père lui a dit qu'il était brave. Le lendemain il l'a accompagné à Vaucouleurs chez Baudricourt. J'aurais bien aimé être un garçon pour partir avec lui. Faire vraiment quelque chose pour aider le Dauphin à sauver le royaume. Après son retour, mon père a grogné toute la soirée à propos de la moindre broutille. Il va devoir racheter un cheval et embaucher un journalier.

Dimanche à la messe de Greux, il y avait deux curés. Le Curé Minet a annoncé qu'il se retirait dans un monastère et que le curé Guillaume Frontey, de Neufchâteau, allait le remplacer. C'est vrai que le nouveau curé a l'air plus frais. J'espère que celui-là ne sera pas sourd.

Il parait que le père Musnier a battu sa femme comme plâtre. Après le départ du sergent rappelé à la garnison de Vaucouleurs, les langues se sont déliées. Il semble que ce zélé militaire veillait particulièrement à la sécurité de la maison Musnier, surtout quand le père était aux champs. Je commence à comprendre pourquoi la mère Musnier envoyait tout le temps le petit Simon chercher des fagots !

Tous les jours ou presque, après les champs, mon père se rend à la maison commune, où il rencontre le maire Truillard et l'échevin Jeannet. Des tours de garde sont toujours organisés la nuit, mais les villageois qui travaillent déjà toute la journée sont fatigués et ce ne sont pas des guerriers. Mon père dit qu'en cas d'attaque ils ne serviraient qu'à donner l'alarme, et encore au cas incertain où ils ne seraient pas endormis sur un tas de paille.

Ces visites quotidiennes lui permettent aussi d'avoir des nouvelles régulières de Vaucouleurs car le maire s'y rend souvent. Quand il revient, maman l'attend, figée à côté de la cheminée, le front soucieux et le regard interrogateur en triturant son tablier. Au signe de tête de mon père qui veut dire que tout va bien, elle se détend et reprend ce qu'elle était en train de faire. Ce soir j'ai réalisé que je fais exactement la même chose. Dès que j'entends son cheval j'attends impatiemment que mon père entre dans la maison et je suis incapable de faire quoi que ce soit tant que je ne suis pas rassurée sur le sort de mon Pierrelot. De la même façon que se bousculent dans ma tête ma colère meurtrière contre les Anglais et mon désir de sainteté, mes sentiments pour mon frère sont emmêlés : je suis fière de lui et j'espère qu'il combattra en héros, et d'un autre côté je voudrais que toute bataille lui soit épargnée et qu'il échappe à la moindre écorchure.

Au cœur de l'été, un soupçon d'espoir renaît. Un maréchal de Bourgogne est capturé par le Sénéchal de Lyon et les troupes du Dauphin, et quelques villes sont reprises aux Anglais. Avec maman et Catherine, nous retournons aux champs pour la moisson, la peur au ventre. Mais comme les batailles ont repris, les mercenaires ont trouvé de l'emploi et les pillages ont cessé.

Aujourd'hui mon père a rapporté une bonne nouvelle de la mairie. Les troupes françaises ont défait les Anglais à plate couture et en ont envoyé plus d'un millier en enfer en ne perdant eux-mêmes qu'un seul chevalier. Je m'en souviendrai longtemps parce que le commandant Anglais s'appelle La Poule[13],

---

[13]*Bataille de la Brossinière (Mayenne) le 26 septembre 1423.William de la Pole, comte, puis marquis, puis duc de Suffolk , et en 1447 comte de Pembroke, appelé dans les chroniques françaises Guillaume de La Poule, comte de Suffort. Il croisera le destin de Jeanne d'Arc quelques années plus tard. Le 12 juin 1429, il est pris lors de l'assaut contre Jargeau par les troupes de Jeanne d'Arc et restera prisonnier de Charles VII pendant trois ans.*

mais aussi parce qu'aujourd'hui j'ai vu dans le regard de mon père une étincelle qui en était absente depuis longtemps.

L'espoir n'a pas duré longtemps, car maintenant les Bourguignons veulent se venger sur nous de la défaite de leurs alliés anglais, et ce sont d'autres malfaisants qui pillent nos campagnes. Nous avons dû retourner deux fois au château. A chaque fois nous emmenons les vaches, mais nous n'avons plus que deux oies et la moitié des moutons ont disparu.

Entre temps nous avons fait les vendanges, et Pierre est revenu pour quelques jours pour aider, mais aussi parce qu'il ne voulait pas manquer cette période qui était si joyeuse autrefois. Dès que les raisins sont à maturité, on annonce 'au ban' le début des vendanges, et sitôt l'autorisation du Seigneur obtenue et la taxe payée, tout le village s'y met pour que la récolte dure le moins longtemps possible, car une fois mûrs, les raisins pourrissent vite. On part dès le lever du jour, les hommes avec leurs hottes en osier, les femmes et les enfants avec des paniers. Ils coupent le raisin qu'ils renversent avec précaution dans les hottes des hommes accroupis. Quand la hotte est pleine c'est difficile de se relever. Puis ils vont déverser leur chargement dans le tombereau qui attend au bout des rangs de vignes. On fatigue vite car il faut sans cesse s'accroupir et se relever, et le terrain est en pente. C'est pour cela que les enfants participent : nous sommes plus près du sol ! Au milieu de la matinée, on s'arrête et on partage du pain, du lard et du fromage. Et on reprend de plus belle. Pendant ces quelques jours, on est à peu près sûrs d'être tranquilles. Les pillards préfèrent voler du vin que du raisin !

Autour des pressoirs un peu de gaieté est revenue, à moins que ce ne soit l'effet du vin nouveau. En fin d'après-midi, les hommes se réunissent dans la grange des Morel où se trouve le pressoir. Quelques-uns des plus jeunes montent pieds nus dans la cuve pour fouler le raisin, encouragés par les autres qui rient et qui chantent pour leur donner la cadence. Quand le raisin est bien écrasé, ils sortent de la cuve, rouges jusqu'aux cuisses, puis on abaisse le couvercle. Deux hommes montent sur le cadre et tournent la grosse vis de bois, et bientôt on voit sortir le moût par le bec du pressoir. Quelques tables sont disposées dans la grange avec des galettes et du fromage et tout le monde peut goûter le vin nouveau. Mais ce n'est rien comparé aux célébrations d'antan.

Il y a quelques années, les vendanges se terminaient par une grande fête. Les filles allaient en procession déposer la plus belle grappe aux pieds de la Vierge, et après la messe une ripaille était organisée sur la place avec des chants et des danses, tandis que le vin nouveau coulait à flots. Tard dans la nuit on entendait encore des chants et des rires.

Les hommes entourent Pierre, qui raconte encore et encore comment se passe la vie de garnison. Il s'entraîne tous les jours à la quintaine, à l'arc et à l'épée, la discipline est dure et la vie frugale. Mais il s'endurcit et s'est fait des compagnons d'armes. Plusieurs fois il a aidé à libérer des villages et à faire fuir des pillards.

Ce soir je l'ai entendu rentrer d'un pas incertain et avant de se coucher il est venu voir si je dormais.

Il s'est agenouillé à côté du lit où Catherine dormait à poings fermés, et il a vu que j'avais les yeux ouverts à côté d'elle.

- Tu ne dors pas ma Jeannette ? a-t-il chuchoté.

- Je crois que je ne dormirai pas tant qu'il y aura encore un seul Anglais sur le sol de France.

- Tu me manques, comme tu as grandi !

C'est vrai que maintenant qu'il le dit, je réalise que le bas de ma robe est plus loin de mes pieds.

- Sais-tu que c'est toi qui m'as donné l'envie de me battre, le jour où tu m'as dit qu'il ne fallait pas se laisser faire par ceux de Maxey ? reprend-il.

Je me souviens de ce jour où je l'ai houspillé, emportée par ma colère.

- Ça a ranimé mon courage, comme un tison sur un bouchon de paille. Merci ma Jeannette, Dieu te bénisse ! Prends du repos. Et il pose sa main qui sent encore le vin sur ma tête, comme pour me bénir.

Au lieu de m'apaiser, ses paroles rallument le feu qui brûle en moi. C'est comme si ma tête bouillonnait alors qu'un corps qui est sans doute le mien est étendu dans mon lit et ne saurait s'agiter sans réveiller toute la maisonnée. Malgré la fraîcheur je repousse la couverture. Je dois faire quelque chose. Je le dois.

Cette excitation a dû consumer mes dernières réserves et je me suis endormie, mais dès que j'ouvre un œil, je suis toujours dans le même état fébrile. Catherine dort encore, tournée vers moi sur le côté, la bouche ouverte d'où coule un filet de bave, et la joue déformée par le matelas, un bras protecteur étendu sur moi. Je la repousse doucement et je me lève. Je grimace quand mes pieds touchent les dalles glacées. J'enfile vite mes chausses de laine et je vais dans la salle. Le jour n'est pas encore levé et le feu est éteint dans la cheminée.

J'attrape une petite bûche dans le panier et je dispose dessus quelques brindilles bien sèches dans l'âtre. Le briquet à silex est posé à côté de la cheminée. J'ai vu faire mes parents et mes frères mais je n'ai jamais essayé. Je dispose un petit morceau d'étoupe sur le bord du foyer, j'attrape le morceau de métal dans une main et le silex dans l'autre, et je frappe pour faire des étincelles. Mais je n'ai pas assez de force, je ne réussis qu'à faire du bruit. Alors je m'enroule dans mon manteau et je vais m'asseoir sur le bord de la fenêtre pour regarder le jour se lever. Les formes se dessinent peu à peu dans la cour. Bientôt je vois distinctement la brouette et l'auge, et j'entends les poules qui commencent à s'agiter.

Puis c'est Jacquemin qui descend l'escalier raide et qui est tout étonné de me trouver déjà levée. Il voit que le feu est prêt à être allumé, il bat le briquet et l'étoupe s'enflamme. Avec la pince il attrape le petit morceau rougeoyant et le dépose sur les brindilles. Bientôt le feu crépite et il accroche le chaudron à la crémaillère. Il enjambe le banc, s'assied à table en face de moi et saisit la miche de pain qu'il pose contre sa poitrine. Il ramène vers son torse le grand couteau et il coupe une tranche qu'il me tend. Pendant quelques minutes, nous sommes tous les deux comme si nous étions seuls au monde.

- Tu ne dois pas te lever si tôt ma Jeannette. Regarde-toi, tu seras bientôt transparente comme un vitrail.

Malgré moi je souris et je prends cela comme un compliment.

Chapitre 9

Octobre 1423

Les quelques victoires récentes des troupes du Dauphin ont mis les Bourguignons en colère. Nous nous attendons à des représailles et nous n'avons plus de gens d'armes pour nous protéger. Nous sommes de plus en plus en danger. Sur le conseil de Baudricourt, mon père a proposé aux habitants de Greux de se joindre à nous pour demander la protection du Seigneur de Commercy, Robert de Sarrebrück.

Il n'a pas une grande confiance dans ce damoiseau dont le seul titre d'honneur est la fidélité de sa famille au roi de France, et qui d'après mon père est lui-même un aventurier sans foi ni loi doublé d'un fieffé malandrin. Mais il n'a pas le choix, c'est le seul allié puissant et vindicatif de la région qui soit de taille à s'opposer aux forces anglo-bourguignonnes, puisque Vaucouleurs a déjà engagé toutes ses ressources dans sa propre protection.

Ce matin une petite troupe est partie à cheval chez le notaire Oudinot de Marcey pour signer le traité avec Sarrebrück.[14] Mon père était avec le

---

[14] *Début du Texte du traité de protection cosigné le 7 octobre 1423 par Jacques D'arc. :*
Nous, officiaulz de la court de Toul, faisons savoir et cognissant à tous ceulx qui ces presentes lettres verront et orront que ad ce et pour ce en leurs propre personnes estaiblirent en la presence de nostreamey et

67

fiable Richard Oudinot de MarceysoubzBrixey, clerc notaire jurey de nostre dicte court de Toul, pourtant nostrepovoir en ceste partie, auquel nous avons adjouteyancoiz et adjouter voulons foy et creance-planiere es choses cy après escriptes et en pluxgrant ; pour ce personellementestaiblirentDommogetTruillart, de Dompremi, maieur au dit leucAubritJannet, eschevin, Jaqes d'Arc, doyen, DemogesMu-niers, Perrel le Muniers, Colart le Questain de Mundrevalz, demorant au dit Dompremi, Perrin le Drappier, tuitdemorant au dit Dompremi ; Johan Rainnessons, maieur en la ville de Grex, Jehan Porret, esche-vin, Walterin le Doyen, Jehan Guillemette, Jaquemin de Roize, Jehan Collin, Jehan Morel tuitdemorant en la dicte Grex, ensemble tous lezhabitans, manans et demorans es dictez villez de Grex et Dompre-mi, laquelle l'une despent de l'autre. Iceulx convoquez et appellez par nons et sournons ensemble par cummunaltey et pour et en nons de communaltey et chascuns d'eulx, c'est assavoir lez dessus nommez eulx tous ensembles pourtant et faisant fort de tous les dis habitans des dictez villes de Dompremi et de Grex, pour et en nons des dictez com-munalteys, et chascuns d'eulx pour le tout, ont congnu et confessey de leurs plain grey et bonne voluntey, sans force, sans contrainte ou seducion quelconque, maix de leurs pure, meheuredeliberacion et certainne science ont recongnu et confessey et par la teneur de cezpre-sentescongnoissent que, pour eulx et leurs ayans cause, presens et fetur, sont tenus et efficacement obligiez de paier et rendre chascun an une foix, au jour de feste Saint Martin d'ivers, leurs gardez nommeement à Robert de Sarrebruche, seigneur de Commarci et de Venesy, conte de Roucy et de Brainne et signours du Pontarcy, c'est assavoir que chascunsmainnaige faisant feu et fumerepairat, renderat et deliverrat au dit Robert, signour de Commarcy dessus dit ... pour chascun feu entier deux gros bonne monnoiecoursable, et la vesve femme ung gros telle monnoie. Lesquellez gardez et proteccions des-sus dictez les dessus dis habitans, manans et demorans, quelques qu'ilz soient demorans es dictez villes de Dompremi et Grex, presens et advenir, pairont et renderont la dicte proteccion et sauvegarde au dessus dit Robert, signour du dit Commarcy, ens et ou chastel du dit Commarcy, et est la vie durant du dit Robert, signour du dit Commar-cy. court de Toul et de toutes aultres cours ecclesiastiques et seculeirez comme chose congnue et adjugie. en tesmoingnage de veritey et ... fermez et estaiblez, nous officiaulz dessus diz, à la suppli-cacion des dizhabitans, par la fiable relacion de nostre dessus dit notaire jurey à nous faicte, avons nous fait mettre le seel de nostredict court de Toul en cezpresentes lettrez, en l'an de graceNostreSignour mil quatre cent et vingt troix, le VIIème jour du moix d'octembrepre-

68

maire et l'échevin de notre village, et pour Greux, le maire et l'échevin étaient également du voyage, assistés de quatre notables. Parmi eux, bien que ce soit encore un jeune homme, figurait Colin, l'ami de cœur de Catherine. Ils sont convenus de payer deux gros[15] par famille. Je ne sais pas si c'est un bon prix. J'espère qu'il va nous envoyer des soldats pour nous défendre.

***

L'hiver est revenu et avec lui la gelée et la neige, mais nous n'avons vu aucun des soldats de Sarrebrück supposés veiller sur nous. Mon père dit que si nous payons le prix convenu, nous n'aurons pas assez de pain jusqu'à la prochaine moisson. Lorsque les maires de Greux et Domremy sont partis chez le Seigneur de Commercy pour lui demander un délai, il leur a ri au nez en disant que, pour le prix qu'ils payaient, ils se trouvent déjà bien aise s'il ne les attaquait pas. Mais que si nous ne pouvions pas payer, alors il devrait venir chercher son dû lui-même avec ses troupes, et qu'il prendrait un supplément pour les intérêts.

---

sensdiscrette personne messire Guillaume Frontey, du Nefchastel, Thiesselin le Loup, de Marcey, et Pierre de Couverpuix, tesmoings ad ce appellez. (...)

[15] *Le Gros Tournois est une monnaie d'argent créée par Saint Louis par l'ordonnance du 24 juillet 1266. La pièce pesait 4.22 grammes d'argent à 23 carats, et valait 12 deniers. Le gros disparaîtra au début du XVIe siècle, remplacé par le Teston.*

Et c'est ce qui est arrivé. La moisson n'ayant pas bien donné, mon père a décidé de retourner à Commercy pour lui dire que si nous devons vraiment payer ce que nous lui devons, nous mourrons tous de faim avant le printemps. Devant la menace renouvelée de Sarrebrück de venir se servir lui-même, mon père a obtenu un délai en promettant de payer. Les deux villages vont demander un prêt à un riche négociant des environs, Guyot Poingnant, qui nous achète d'habitude nos récoltes et qui sait que les laboureurs de Greux et Domremy sont des gens honnêtes. Et c'est à lui que nous devrons encore plus, sur les récoltes à venir.

C'est le curé Frontey qui m'a expliqué. Ce n'est pas du tout le même que le curé Minet. Lui, il n'a pas été élevé à la droite de Dieu dans une université, et je me rends compte maintenant que ce n'est pas plus mal, sans vouloir offenser Notre Seigneur. Là où le curé Minet avait toujours une citation latine de circonstance, le curé Frontey nous explique les choses comme s'il faisait partie de la famille. Il est de Neufchâteau, autant dire de chez nous.

Il ne me menace pas de l'enfer à chaque faux pas, mais il m'incite à me rapprocher de Dieu un peu plus chaque jour, à accepter de n'être pas parfaite mais à m'améliorer dans l'humilité et à bien me conduire. Pendant ses sermons il nous rappelle des choses essentielles comme les dix commandements, la signification du Carême et de la Communion, l'importance d'aller à la messe et de se confesser. Il essaie d'être un modèle pour nous.

Il a tout de suite vu que j'allais quotidiennement à l'église, et un jour il est venu s'agenouiller à côté de moi en bas du pilier de Sainte Marguerite. Les premières fois nous avons seulement dit des prières, et puis je lui ai demandé de me confesser, et alors je lui ai avoué la colère qui m'enfièvre.

Pourquoi Dieu permet-il que nous soyons comme des mouches dans une toile d'araignée et que notre seul destin soit de mener notre pauvre existence à fuir devant ceux qui finiront à coup sûr par nous détruire ? Est-ce que le Tout-Puissant considère que nous méritons moins, et que nous sommes de moins bons Chrétiens que ceux qui nous soumettent, alors que je vois bien que ce ne sont que bandits et assassins ? Je maudis les Anglais et les Bourguignons, et tous ceux qui nous veulent du mal. Qu'avons-nous fait pour mériter une telle pénitence ? Je me souviens que dans mon petit âge nous étions heureux, du temps où le roi régnait sans partage sur notre minuscule bout de royaume. Comment en sommes-nous arrivés là ? Comment aider le Dauphin depuis que le roi nous a abandonnés et que même Dieu ne semble plus se soucier de nous ? Pourquoi de toutes parts sommes-nous menacés de pillage, nous qui possédons si peu ? Pourquoi une telle injustice ? Pourquoi est-ce le mari de ma cousine Mengeotte qui a été tué ? Pourquoi Robert de Sarrebrück finit-il de nous saigner au lieu de nous protéger ? Dieu nous aime-t-il si peu ? Pourquoi, pourquoi ?

A la fin de ma tirade ma voix s'étrangle, coincée dans ma gorge par un sanglot qui ne veut pas sortir. Mes joues sont mouillées, et je réussis à coasser.

- Moi je ne peux pas vivre comme ça, j'ai tout le temps peur, je suis tout le temps en colère et j'enrage encore plus contre ceux qui se résignent. Est-ce vraiment la volonté de Dieu ?

- Dieu nous envoie des épreuves, mon enfant, comme celles que son fils a vécues, et nous devons accepter Sa volonté. C'est le Roi du Ciel, il est bien au-dessus de toutes les couronnes terrestres, et il n'y a que Sa voix que nous devons entendre. Dieu, aie pitié de Robert de Sarrebrück, car il n'aura pas sa place au royaume des cieux. Vois-tu, j'ai été abusé comme ton père et les autres en signant ce traité, et nous avons cru bien faire pour protéger le village, sans imaginer que ce seigneur de Commercy était le diable en personne. Maintenant nous allons faire notre possible pour que les habitants de nos deux villages retrouvent leur tranquillité. Par la grâce de Dieu, nous sommes tous vivants et nos maisons sont debout, ce n'est pas le cas partout dans la région. Chacun doit faire ce qu'il a à faire. Ton devoir, c'est d'être une bonne chrétienne - et je sais que tu l'es - et d'honorer tes parents. Dieu ne te demande pas plus, mon enfant, il veille sur toi et il te pardonne tes péchés, va en paix.

Apaisée par sa voix douce et engourdie par le froid, j'ai l'impression de rétrécir à l'intérieur de moi-même, jusqu'à n'être plus qu'une luciole emportée par la brise jusqu'au ciel. Je lève les yeux, Sainte Marguerite me sourit. Je regarde mes mains jointes mais je ne sens pas mes doigts, et mes genoux sont comme deux glaçons à travers ma robe sur le carrelage. Mais la petite braise qui reste au fond de moi n'est pas près de s'éteindre. Je ne me résignerai pas.

- Rentre chez toi mon enfant, tu vas prendre mal, me dit le curé Frontey.

Il se relève sans peine et me soulève sous le bras pour m'aider. Je repars légère, animée d'une ardeur nouvelle. Catherine est à l'étable en train de curer les vaches, et je me mets à l'ouvrage avec elle, je charge à la fourche la litière fumante sur la brouette et elle va la porter sur le tas de fumier. Puis, quand nous avons répandu sur le sol de la paille propre, nous prenons chacune un seau et un tabouret pour les traire.

Le soir va bientôt tomber. Avec l'avancée de la saison, aux travaux des vignes ont succédé les travaux des bois. Tout un groupe d'hommes est parti ce matin dans la forêt couper des arbres, mon père et mes frères vont bientôt rentrer avec un chargement de bûches. Si nous n'avons pas grand-chose à manger, au moins nous n'aurons pas froid. Nous rentrons chacune avec notre seau de lait. Il fait bon dans la maison où flotte une bonne odeur de chou au lard. Une sensation étrange me chatouille l'estomac, comme si j'avais à l'intérieur de moi un grand vide qui ne demande qu'à être rempli. J'ai faim !

Chapitre 10

Notre réconfort a été de courte durée. Quelques jours plus tard, malgré sa promesse de nous accorder un délai pour le paiement le temps que Guyot Poingnant réunisse la somme nécessaire, Robert de Sarrebrück s'est impatienté et nous a envoyé ses troupes. Faute de s'être vu remettre leur dû, ses hommes d'armes sont repartis avec vingt voitures de foin, quatre-vingts voitures de bois ainsi que des chevaux que Guyot Poingnant avait prêtés aux villageois pour remplacer ceux qui nous avaient été volés.

Tout le travail de l'automne a été vain, nous n'avons plus de bois pour nous chauffer cet hiver, et les hommes vont devoir retourner à la forêt pour couper des arbres plus jeunes qui produiront plus de fumée que de chaleur. Sans réserves de foin, on ne sait pas non plus ce qu'on va donner à manger aux bêtes qui ne sont déjà pas grasses. Mon père dit qu'on va être obligés d'abattre une des vaches pour que le bœuf puisse survivre avec ce qu'il y a à manger, et qu'il sera peut-être trop faible après l'hiver pour labourer. Nous aurons aussi moins de lait. C'est comme si chaque jour qui passe nous enlevait un peu de vie.

De plus, Robert de Sarrebrück a retenu Guyot Poingnant en otage à Commercy jusqu'à ce qu'il ait obtenu son paiement. Ce dernier a réussi à s'enfuir à

Vaucouleurs, où il a immédiatement assigné en justice le Seigneur de Greux et de Domremy et tous les habitants des deux villages pour les dommages que lui avait causés Sarrebrück et le vol de ses chevaux. Comme dit mon père, heureusement que le capitaine de Vaucouleurs est bien trop occupé à défendre sa châtellenie. Il devrait montrer peu de zèle à résoudre cette affaire.

C'est comme si nous devions payer deux fois. Nous avons été pillés et Poingnant nous réclame de l'argent. C'est d'une injustice révoltante. Sommes-nous coupables d'avoir essayé de survivre ? Serons-nous anéantis par nos propres voisins avant de périr de la main des Anglais ? Quel est ce monde ? Maman me dit que nous devons accepter les épreuves que Dieu nous envoie, que chaque calamité qui nous enfonce dans la misère nous rapproche du paradis. Mais je vois bien qu'elle ne sourit plus jamais. Si nous continuons ainsi, nous allons nous éteindre comme des chandelles usées. Est-ce vraiment le destin que Dieu nous réserve ? Est-ce que c'est ainsi qu'il nous aime ? Je ne veux pas croire qu'il ne nous ait créés que pour souffrir.

Avec tous ces soucis, les réjouissances de Noël se sont bornées à la messe. Nous avons célébré la naissance de Jésus notre sauveur, mais il doit avoir beaucoup de travail à sauver tout le monde et il n'a pas le temps de penser à nous. Puis le froid s'est fait plus intense. Nous filons en toussant devant la cheminée où fument de mauvaises bûches. Parfois Hauviette vient passer la journée avec moi, et nous nous souvenons avec nostalgie de nos années d'insouciance, comme si nous n'étions déjà plus des enfants. Quand nous parlons de l'avenir, pour elle cela signifie se marier et avoir des enfants. Elle fait l'inventaire des garçons et de leurs mérites respectifs et elle me dit que Mieg Lebuin a le béguin pour moi. Mais pour moi, le seul avenir que je puisse envisager c'est de vivre dans un pays débarrassé des Anglais. Je suis incapable de me projeter plus loin. J'essaie de lui dire que même avec une famille elle ne pourra pas vivre heureuse sous le joug de ces traîtres, et elle me répond que même avec les Anglais la vie continue, le blé pousse et le raisin mûrit, et de toute façon qu'est-ce que je pourrais faire, moi, Jeannette, pour aider à chasser les Anglais ? Alors même si c'est difficile, il faut continuer à vivre notre vie. Parfois nous sommes au bord de nous disputer et je sens une vague de colère qui monte en moi devant autant d'incompréhension et de résignation. Je sens cette rage en moi comme un chaudron qui déborde, ou comme le fer en fusion que bat le maréchal ferrant, comme une énergie qui pourrait me faire déplacer des montagnes et que j'ai bien du mal à contenir. Après le départ d'Hauviette, je file à l'église et je prie pour me calmer.

Ce brigand sanguinaire de Robert de Sarrebrück a tant et si bien continué à piller et saccager les environs que le comte de Salm a réuni les troupes des duchés de Lorraine et de Bar et assiégé son fief de Commercy. Se voyant cerné, Sarrebrück a changé de camp, s'est acoquiné avec les Anglo-bourguignons et a signé avec eux un traité de paix fin janvier. Puisqu'il n'est plus de notre côté, il ne nous protègera plus, mais nous ne lui devrons plus rien.

Nous ne sommes pas encore pauvres. Les terres ont bien donné et mon père dit qu'il y aura toujours plus nécessiteux que nous. Est-ce pour nous rassurer ? Prudent et avisé, il a fait creuser des fosses sous plusieurs tas de fumier dans notre village, puisque la première avait si bien fait son office. Les travaux ont eu lieu de nuit et avec le moins de bruit possible et certains habitants l'ignorent même. Dans la nôtre sont enterrés les tonneaux de vin qu'il vend principalement à Vaucouleurs. Il y a placé aussi le crucifix d'argent qui était au-dessus de mon lit, et dorénavant je dis mes prières devant une simple croix de bois. Nous avons aussi bourré le grenier de la maison de tout le foin restant.

Par miracle, nous avons toujours nos deux chevaux, et mon père a demandé à mon frère Jean de m'apprendre à monter. Je vais bientôt faire ma confirmation et je ne serai plus une enfant. Il dit aussi qu'ainsi je serai plus en sécurité qu'à pied si je dois me déplacer. Souvent je monte en croupe derrière mon père ou Jean pour aller aux champs et j'adore ça !

Malgré l'avancée des Anglais et les défaites des troupes du royaume qui se succèdent, le printemps est revenu, les poules ont couvé et nous avons de nouveaux poussins, les brebis ont mis bas, et même l'une de nos vaches a eu un veau, un mâle qui nous fera un nouveau bœuf quand le nôtre sera trop vieux. Des petits cochons tout roses et duveteux pointent leur groin tendre à travers les planchettes de la porte à claire voie de la soue en frétillant de leur minuscule queue en boucle. Petit à petit nous reprenons nos activités, je vais aux champs et j'aide aux labours et aux moissons, mais je m'occupe surtout de la maison avec maman et Catherine. Je continue à apprendre à coudre et à cuisiner, et maman m'enseigne les bonnes manières dans l'espoir de faire de moi une dame un jour.

***

Le sacrement de confirmation a eu lieu dans l'église de Greux. Nous étions une quinzaine, et l'évêque de Toul s'était déplacé pour l'occasion, à la grande fierté de l'abbé Frontey. La nef était décorée de fleurs, ma famille, mes parrains et marraines étaient là, et tout le monde avait sorti ses plus beaux habits. On se serait presque cru autrefois, il y a deux printemps, ça semble si loin.

Quand l'évêque a touché mon front avec l'huile sainte, en même temps que l'odeur de rance, j'ai vraiment senti l'Esprit Saint entrer en moi. Je me suis sentie comme un papillon qui quitte sa chrysalide d'enfant pour prendre son envol, doté d'une force supplémentaire. Maman avait presque la larme à l'œil.

- Te voilà grande, ma Jeannette, tu seras bientôt une femme !

Devant la table installée dans la cour au soleil pour le repas de fête, mon père se rapproche de ma mère et ils avancent vers moi au milieu de la vingtaine de convives qui attendent le signal du maître de maison pour s'asseoir. Le silence se fait. Mon père tire de sa poche un minuscule paquet de tissu et me le tend, l'air à la fois content et embarrassé.

- C'est un présent pour toi, Jeannette, maintenant que te voilà grande.

J'ouvre le paquet qui contient un petit anneau blanc et brillant, orné de trois croix et de deux mots que je déchiffre sans trop de peine : Jésus Marie. Je me sens rougir et les larmes me viennent aux yeux. Il brille au soleil comme une étoile.

- Tu comptes le tenir dans ta paume toute ta vie ou bien tu vas l'essayer ? dit mon père d'un ton bourru.

Je le passe à mon index et il me va parfaitement. Je suis trop bouleversée pour penser à le remercier, mais devant son regard interrogateur, je réalise soudain que c'est ce qu'il attend. Je balbutie un 'merci père, merci mère' peu convaincant. Ils vont croire que je ne suis pas contente.

Et tandis que ma famille, mes parents et amis me félicitent en levant leur gobelet de vin, mon père ronchonne à l'oreille de l'oncle Durant Laxart, qui en fait est mon cousin mais qui a l'âge d'être un oncle.

- Voilà, c'était la dernière, et elle sera bientôt bonne à marier. Je n'ai plus d'enfant à la maison. Il me faudra attendre d'avoir des petits enfants. Heureusement, cela ne devrait tarder.

J'ai posé à côté de lui le plat de jambon que je tenais.

- Qui va avoir un enfant, Père ?
- Pose ton plat, ma fille et écoute !

Il se lève et se racle la gorge avant de s'adresser à l'assemblée.

- Mes amis, malgré la guerre et toutes les calamités qui s'abattent sur nous, la vie a ses droits. Aujourd'hui, c'est Jeannette qui quitte l'enfance, et j'ai le plaisir de vous annoncer deux autres nouvelles : dans un mois nous célébrerons le mariage de Jacquemin et Catherine Corviset, et après les moissons, ce seront les fiançailles de Catherine et de Jean Colin.

Tout le monde congratule les futurs et les parents. Et moi je tombe assise comme un paquet de chiffons sur le banc. Je vais perdre mon frère et ma sœur. Pierre est à Vaucouleurs, et il ne restera à la maison que Jean, qui est presque aussi âgé que notre ainé Jacquemin. Et Catherine ne m'a rien dit, je me sens trahie. Ou plutôt si, elle m'a dit. Elle m'a rebattu les oreilles de son Colin tous les soirs avant que nous nous endormions, je sais que son vœu le plus cher était de l'épouser, mais pour moi ce n'étaient que des mots ; je n'ai pas réalisé qu'elle allait partir pour vivre sa vie. Soudain je ne veux plus quitter l'enfance et devenir une grande personne. Nous étions si bien, tous à nous tenir chaud comme des oisillons dans un nid. La guerre m'aura pris mon insouciance et ma joie de vivre, et je viens de perdre mes dernières protections contre la rudesse de la vie. Je me sens comme au bord d'une falaise, attirée par le vide. Que va-t-il rester de moi ?

Catherine se lève au bout de la table et vient s'assoir à mon côté. Elle entoure mes épaules de son bras. Je me colle contre son sein, les yeux mouillés et je la serre fort entre mes bras. Elle-même est encore une jeune fille, elle est sans doute plus âgée que moi de deux ans seulement, mais elle me semble si raisonnable et si rassurante dans son bonheur tranquille. Elle sait toujours ce qu'il faut faire alors que je suis perdue. Elle s'avance sereinement vers un avenir que ni les Anglais, ni les pillages, ni la guerre ne semblent pouvoir ternir. Elle sera bien avec Jean Colin, il reprendra bientôt une partie des terres de ses parents et sera laboureur comme notre père. Elle ne manquera de rien, et leurs enfants non plus. Toujours me tenant serrée contre elle, elle m'embrasse à la racine des quelques cheveux qui dépassent de mon bonnet sur mon front.

- Ne sois pas triste, ma Jeannette, réjouis-toi pour moi au contraire ! Je ne serai pas loin, nous habiterons à Greux, et puis nous nous verrons souvent, j'aurai sûrement besoin de toi pour m'aider au ménage quand j'aurai des enfants. Pense que tu auras plus de place dans le lit qui sera à toi toute seule ! Et un jour toi aussi tu te marieras.

- Je ne veux pas me marier, jamais !

Maman a suivi la scène du coin de l'œil, mais elle n'a pas le temps de se lever et de venir voir que je suis déjà partie me réfugier dans le jardin derrière la maison. Je suis submergée d'émotions si différentes. Je me sens plus seule que jamais, je suis triste et furieuse, et aussi honteuse de m'être donnée en spectacle, d'avoir peut-être un peu gâché la fête qui était pourtant la mienne, et d'avoir laissé déborder mon désespoir au lieu de me réjouir du bonheur de mon frère et de ma sœur. Il n'y a qu'à l'église que je puisse trouver du réconfort. J'ouvre le portillon dans le mur du jardin et je m'y précipite.

Chapitre 11

Juin 1424

Pour venir en aide à son nouvel allié Robert de Sarrebrück, le régent anglais a confisqué les terres du capitaine de Vaucouleurs Robert de Baudricourt dans le baillage de Chaumont et les a données en viager à Jean de Vergy, le seigneur bourguignon de Saint Dizier qui combat pour les Anglais.

Celui-ci a fait venir cinq cents soldats qui, non contents de mener des raids sur Vaucouleurs, ont commencé à ravager toute la région, pillent et enlèvent les troupeaux. Dans la maison commune du village nous avons accueilli deux familles de réfugiés qui ont tout perdu.

Mais Baudricourt est bien décidé à tenir tête à Jean de Vergy et répond par des contre-attaques furieuses : il a envoyé des troupes en Bourgogne, où à son tour il rançonne, tue, brûle, et laisse ses hommes voler tout ce qui leur tombe sous la main, argent, vaisselle, vêtements, chevaux et bétail. Il paraît que tous les moulins du Bassigny ont été incendiés. Je suis sûre que tous ces gens sont comme nous, ils ne font que subir les méfaits de la guerre au gré des alliances et des volte-face des puissants. Ils ne sont ni pires ni meilleurs que nous. Ces drames ne finiront qu'avec le départ des Anglais de la terre de France et le retour d'une vraie paix.

Le mariage de Jacquemin et Catherine Corviset a tout de même été célébré, mais au milieu de la messe le guetteur est venu sonner l'alarme et nous avons tous dû partir nous réfugier au château en catastrophe avec tout le village, même ceux qui n'étaient pas invités au mariage. Le repas de noces s'est transformé plusieurs heures plus tard en pique-nique dans la cour du château de l'Isle. J'avais décidé de prendre sur moi pour faire bonne figure, mais le matin même, mon père était venu dans ma chambre avant que je me lève pour me faire la morale.

- Je te préviens, Jeannette, aujourd'hui c'est le jour de Jacquemin et Catherine, alors tu n'as pas intérêt à gâcher la fête avec tes états d'âme, sinon il t'en cuira. Ta mère est suffisamment émue de voir partir son premier enfant pour se marier, je ne veux pas d'esclandre. Que penserait la famille Corviset ?

Et il a tourné les talons sans attendre ma réponse. Comme si c'était la bonne façon pour que j'affiche mon plus beau sourire toute la journée.

Le cœur serré, je n'ai rien pu avaler de ce repas de mariage où j'étais habillée avec une robe encore bonne de ma sœur Catherine. Mais ce n'était pas si douloureux finalement. Nous étions tous réunis, Pierre avait pu quitter sa garnison et par miracle il n'a pas encore été blessé. Quelques-uns avaient apporté des cornets à bouquins, des flûtes de sureau et des tambourins, et tout le monde s'est mis à danser. C'était très étrange, même les plus vieux tenaient à suivre la cadence, comme si c'était un rituel contre la malédiction. Je n'étais plus triste, mais, submergée par l'émotion, j'ai senti soudain des larmes couler sur mes joues tandis que ma vue se brouillait, et j'ai couru me réfugier derrière le château, là où j'avais vu Jacquemin et Catherine ensemble pour la première fois.

Les fiançailles de ma sœur Catherine ont été plus calmes, à son image. Nous les avons fêtées le jour de la Vierge à la mi-août, dans la clairière de l'arbre aux fées. Il faisait chaud. Après la messe, Colin et elle ont dit les paroles de fiançailles devant l'assemblée, puis nous sommes tous montés à la fontaine pour le repas. Nous nous sommes retrouvés comme par le passé avec les enfants du village qui ne sont plus des enfants. Nous ne jouons plus comme avant, les filles bavardent, assises en rond, et les garçons se lancent des défis et se courent après et font semblant de se battre quand ils s'attrapent. Il y a eu un concours de tir à l'arc et les hommes ont couru la quintaine. Catherine et Colin avaient l'air seuls au monde et se sont tenus par la main toute la journée, et au coucher du soleil, tout le monde est rentré chez soi, réconforté par cette tranquille journée qui semblait tellement normale, et malgré la chaleur je me suis endormie tout contre ma Catherine que je vais bientôt perdre, pour profiter d'elle pendant qu'il est encore temps.

Quelques jours plus tard nous avons appris que l'armée du royaume de France et ses alliés écossais avaient été défaits à Verneuil en Normandie. Six mille soldats tués ou blessés du côté des forces du royaume. L'ennemi est partout. Et Pierre n'a pas pu venir aux fiançailles de sa sœur faute de sauf-conduit, il a dû rester pour défendre Vaucouleurs et nous sommes sans nouvelles depuis des semaines. Il semble que Dieu soit vraiment passé du côté des

Anglais. En contrepartie, les soldats étant occupés à guerroyer ont à nouveau interrompu les pillages.

C'est une époque étrange, on apprend que la guerre fait rage de toutes parts et notre village a presque retrouvé sa quiétude. Ce que j'entends au gré des conversations m'inquiète de plus en plus. Le royaume est exsangue. J'ai tenté de demander à mon père un soir qu'il revenait de la maison commune ce qu'il allait advenir de nous et qui allait nous gouverner, il m'a renvoyée coucher d'un ton bourru en me disant que ce n'étaient pas des choses dont je devais m'occuper. Que j'avais bien assez à faire à la maison, filer, coudre, nettoyer et cuisiner. Et ne me soucier de rien d'autre, comme une gentille fille que je dois rester et qui sera bientôt bonne à marier.

J'ai eu un haut le cœur et je me suis enfuie dans la chambre. Le lendemain, mon père était parti aux champs et ma mère était partie aider une voisine à accoucher. J'ai pris le cheval qui restait à l'écurie et je suis montée à l'arbre aux fées. La quintaine était encore installée dans la clairière. Le bonhomme de bois taillé dans une planche n'avait pas sa fière allure des jours de fêtes quand on l'habille d'un vieux surcot et qu'on attache un écu au bout de son unique bras en manche de pelle, mais ça ferait l'affaire. J'ai vérifié si le mannequin tournait bien sur son axe, je me suis taillé un long bâton avec la serpette que j'avais apportée, j'ai attaché une vieille écuelle au bout du bras et j'ai commencé à m'entraîner toute seule. Cinq fois j'ai manqué la cible, et à la sixième j'ai cassé mon bâton en branche de noisetier, le cheval a eu peur et je suis tombée.

J'ai réussi à remonter à cheval et je suis rentrée à la maison tout endolorie. J'ai une joue éraflée et un genou enflé, heureusement sous ma robe ça ne se voit pas. Par bonheur, quand je suis rentrée, Jean était seul à la maison et je lui ai expliqué ce qu'il m'était arrivé. Il ne dira rien et ce n'est pas le cheval non plus qui va me trahir. Jean m'a fait asseoir et il a nettoyé mon genou avec de l'eau fraîche. Il était plus étonné par ma détermination que fâché par ma désobéissance, mais il m'a fait promettre de ne plus recommencer toute seule car j'aurais pu me faire beaucoup plus mal, et personne ne savait où j'étais pour venir à mon secours.

Jean va parler à mon père et lui expliquer qu'en l'absence de Pierre et avec le départ de Jacquemin, puisque j'ai envie de monter à cheval, autant que j'apprenne à me tenir dessus correctement, si ça ne fait pas de moi une cavalière, je pourrai au moins me déplacer plus vite en cas de besoin ou de danger et mieux aider au travail de la ferme.

***

Hiver 1424-1425

Tout l'hiver nous avons chevauché plusieurs fois par semaine dans les chemins et par les collines sur les lourds chevaux de trait de la ferme et je suis maintenant un peu plus à l'aise. Après quelques sorties, comme il faisait très froid, Jean m'a prêté des chausses que j'ai enfilées sous ma robe et des bottes fourrées. Au bout de quelques jours ma robe me gênait pour monter et descendre du cheval, et je lui ai emprunté un gippon[16]. Je me sens ainsi beaucoup plus libre de mes mouvements. Comme si ces vêtements étaient faits pour moi.

Nous galopons souvent jusqu'à la chapelle de Bermont, et nous faisons une halte à l'ermitage. La première fois que nous sommes arrivés dans une joyeuse cavalcade, les joues rougies, alors que nous attachions nos chevaux aux anneaux pour aller prier avant de repartir, nous avons vu un visage méfiant apparaître à une fenêtre du premier étage de la grande maison qui jouxte la chapelle, puis, quand nous sommes ressortis quelques minutes plus tard, trois religieuses se tenaient devant la porte, raides et serrées d'un seul bloc l'une contre l'autre.

- Soyez aimables, jeunes gens, de retenir vos chevaux et d'arriver au pas la prochaine fois. Cet ermitage est un lieu de recueillement.

Jean enleva son bonnet qu'il venait de remettre en sortant de l'église glaciale et s'approcha pour s'excuser tandis que je tentais de me faire toute petite entre les deux chevaux et que je rabattais mon chaperon sur ma tête. Elles reculèrent d'un pas dans un bel ensemble comme si elles n'étaient qu'un seul corps, avant de le reconnaître.

- Mais tu es un fils de Jacques Darc ! Et c'est ton frère qui est avec toi ?

- Non c'est ma sœur Jeannette. Nous nous sommes arrêtés pour faire une prière pendant que je lui enseigne à monter à cheval. Nous sommes désolés et la prochaine fois nous ferons attention.

---

[16] *Sorte de gilet capitonné à manches, descendant jusqu'aux cuisses, serré à la taille, et ajusté aux hanches.*

- Il fait froid, voulez-vous entrer pour prendre un peu de bouillon avant de repartir ?

Je serrai autour de moi les plis de mon manteau.

- Nous serons heureux de nous réchauffer un instant avant de repartir, ma mère, dit-il avec réticence.

- Bien, suivez nous, dit la première en tournant les talons.

Je levai la tête et lui fis des yeux ronds de désapprobation avant de lui emboîter le pas. Quelle idée lui avait pris d'accepter une si étrange invitation, alors que nous allions nous mettre en retard et que ma mère risquait de me surprendre habillée avec les vêtements de mon frère ?

Nous fûmes introduits dans la salle où trois dames richement vêtues se chauffaient devant la cheminée où brûlait un bon feu. Les religieuses nous installèrent sur un banc devant une longue table. L'une d'elle revint bientôt avec deux écuelles fumantes qu'elle posa devant nous, s'en retourna sans un mot et les trois dames s'installèrent en face de nous. Tout le monde dans le village les connaissait, mais c'était la première fois que je les voyais d'aussi près. Il s'agissait de Jehanne de Joinville, la suzeraine de Domremy, Agnès de Vaudémont, et Marie de Bourlémont, la fille du propriétaire du château de l'Isle que mon père louait pour nous y abriter en cas d'alerte, qui étaient toutes trois parentes. En levant les yeux au-dessus du bol que je venais de porter à ma bouche, je m'aperçus qu'elles ne regardaient que moi. J'eus soudain l'impression que tout mon sang venait de descendre dans mes pieds, j'avais envie de m'enfoncer dans le banc de bois, d'y disparaître, de m'y fondre comme une petite flaque bientôt évaporée à la chaleur de la cheminée, afin d'échapper à ce regard pénétrant.

- Alors c'est toi, Jeannette ? dit Madame de Joinville.

- Oui Madame, répondis-je. J'aurais été incapable de faire une phrase plus longue sans bafouiller. Avions-nous fait quelque chose de mal ? Allait-on nous punir ?

- Tu sembles très pieuse, ajouta-t-elle. Et te voilà une jeune fille presque bonne à marier.

-Je ne veux pas me marier, répondis-je aussi sec, ma voix revenue d'un coup. Je veux rester vierge et servir notre Seigneur et le Royaume, mais je ne veux pas être religieuse.

- Comme tu le vois, continua-t-elle, nous ne sommes pas religieuses non plus, mais nous appartenons au tiers ordre franciscain[17] et nous avons entendu parler de ta piété. Si tu ne te sens pas vouée à avoir une famille et tenir une maison, que comptes-tu faire de ta vie ?

- Je ne sais pas encore, si ce n'est que je veux servir Dieu et le royaume de France.

Elles échangèrent un regard entendu.

- Connais-tu les saintes écritures ? Sais-tu lire et écrire ?

---

[17] *Le Tiers Ordre Franciscain est un Ordre séculier, c'est-à-dire qu'il est composé non de religieux astreints aux vœux monastiques, mais de personnes du monde qui s'obligent, comme des religieux, à servir Dieu et l'Église tout en menant une vie normale, fondé par Saint François d'Assises en 1222 à Bologne. On l'appelle le Tiers Ordre car c'est le troisième ordre fondé par Saint François d'Assise après ceux des Franciscains ou frères mineurs et des Clarisses.*

- Je sais les lettres et je lis des mots, et aussi je sais recopier mon nom. Et je sais mes prières en Français. Je vais à la messe chaque dimanche et je prie la Vierge, Sainte Marguerite, Sainte Catherine et Saint Michel, répondis-je en vrac comme les mots me venaient.

Jean, assis à côté de moi était mal à l'aise, je voyais en coin son genou qui tressautait sous la table.

- C'est bien, mon enfant, continue ainsi.

Nous n'échangeâmes pas un mot sur tout le chemin du retour. Ma mère était à la maison, mais je passai par la porte de derrière pour me changer rapidement avant de revenir dans la salle, en expliquant que je m'étais crottée et que je ne voulais pas salir le sol que nous avions récuré le matin-même. Je me sentais incapable d'avaler quoi que ce soit au souper tant cette rencontre m'avait semblé étrange. J'ai fait semblant, comme d'habitude, en enfournant discrètement le pain dans ma poche.

Chapitre 12

Mars 1425

Le dimanche suivant je suis allée à la messe à Greux avec ma mère. Nous sommes parties toutes les trois avec Catherine jusque chez Colin, où nous l'avons laissée, et maman a mis à profit les quelques minutes où nous cheminions seules côte à côte jusqu'à l'église pour m'entretenir.

- Ma Jeannette, c'est bien que tu saches te tenir sur un cheval à l'occasion, mais il serait bon que tu passes ton temps à autre chose, ça ne servira pas beaucoup lorsque tu seras mariée. Maintenant que tu vas devenir une jeune fille, il va falloir songer à commencer à coudre ton trousseau si tu veux qu'il soit prêt lorsque tu te marieras.

- Mais mère, je ne…

- Tais-toi, voilà le curé.

Ma mère me demandait régulièrement si j'avais saigné, et semblait s'inquiéter que ma réponse fût toujours négative. Je voyais bien qu'elle m'observait et je savais pourquoi. Je n'avais pas encore la maladie des femmes. Mes amies d'enfance commençaient toutes à changer, prenaient des formes, attrapaient des boutons sur les joues, et moi j'étais toujours plate comme une planche et sèche comme une brindille, ce qui m'arrangeait bien pour enfiler les vêtements de mon frère. Quand nous nous retrouvions entre filles pour jouer ensemble, ce n'était plus comme avant. Nous faisions moins les folles, certaines prenaient des poses, ne grimpaient plus aux arbres, ne descendaient plus la colline en courant à perdre haleine, pouffaient de rire en rougissant et en détournant la tête au passage des garçons.

Eux aussi changeaient. Certains avaient grandi d'un coup, ils commençaient à avoir du poil sous le nez et muaient de la voix, tandis que d'autres ressemblaient encore à des enfants.

Le lendemain, pendant que ma mère était en visite chez une cousine malade, j'allai passer l'après-midi à filer avec un groupe de dames et d'amies chez Hauviette. Même elle que pourtant j'adorais ne comprenait pas que je ne m'intéresse pas aux garçons. Et bien entendu, ces après-midis tranquilles étaient toujours animés par une ancienne du village qui racontait des contes de damoiselles et de chevaliers amoureux. A part aux dames de l'ermitage, je n'avais encore parlé à personne de mon vœu de chasteté. Je voyais bien que Mieg Lebuin me regardait bizarrement, mais je ne voyais dans ses yeux aucune étincelle de la tendresse que j'avais vue dans ceux de Colin pour ma sœur Catherine, aucune once des promesses de bonheur que j'avais surprises dans les échanges entre mon frère Jacquemin et sa femme. Il jetait plutôt sur moi les œillades évaluatrices d'un loup affamé sur un agneau bien tendre et bien croquant. Je ne supportais pas qu'on me regarde comme un morceau de viande, et j'ai commencé à développer une profonde aversion pour Mieg. Je tentais de l'éviter autant que faire se peut, mais on aurait dit que, plus j'essayais de mettre de la distance entre nous, plus il était attiré.

***

Lorsque je rentrai chez moi, plusieurs chevaux coursiers étaient attachés devant la maison et mon père, rentré prématurément, s'entretenait dans la salle avec plusieurs hommes. J'espérais qu'un membre de la famille était en visite, peut-être mon frère Jacquemin, le curé Vouthon ou mon cousin le moine Nicolas, mais je ne connaissais pas nos visiteurs.

Comme à mon habitude, j'écoutai la conversation depuis ma chambre. Il était question du siège du Mont Saint Michel tenu par les Anglais depuis le mois de septembre précédent. J'en fus fortement ébranlée. Saint Michel avait l'air si serein sur son vitrail à Bermont que je ne m'étais doutée de rien. Le mont Saint Michel était menacé ! Je voyais Saint Michel en péril au sommet d'une montagne, entouré d'ennemis de toutes parts. Si le chef des armées des anges était encerclé, le royaume était bien en danger. J'appris que le Mont Saint Michel était une ile entre le royaume de France et l'Angleterre sur laquelle se dressait une immense abbaye dédiée à l'archange, et que les mouvements de la mer appelés marées faisaient qu'elle n'était accessible à cheval qu'un bref moment dans la journée. Je redoublai de dévotion et de prières. Les Anglais avaient recruté des combattants, dont des mercenaires français pour lancer une attaque décisive sur le Mont Saint Michel, mais avaient été repoussés par les forces du royaume. Depuis, une flotte anglaise faisait le siège du Mont.

Cette fois, si Dieu laissait tomber Saint Michel, qui figurait sur l'étendard du roi avec sa devise 'il me protège', alors nous étions vraiment perdus. Plus près de nous, Baudricourt peinait toujours à défendre Vaucouleurs des griffes de Vergy.

Cependant, fin juin, nous apprîmes que deux semaines plus tôt, les gens de Saint-Malo, montés sur leurs bateaux, s'étaient emparés de la flotte anglaise qui empêchait le ravitaillement du Mont-Saint-Michel. Ce jour-là j'ai prié avec encore plus de ferveur pour remercier Dieu d'avoir si bien aidé Saint Michel. Mais nous n'eûmes même pas le temps de reprendre un peu espoir que d'autres calamités allaient s'abattre sur le village.

***

Juillet 1425

Un matin, alors que je venais de préparer le repas et que je sortais de la maison pour aller donner les épluchures aux cochons, j'entendis brusquement une cavalcade et des cris venant de toutes parts. Les routiers avaient repris leurs raids, et déferlaient sur le village en quête de pillages et d'exactions. Au lieu de me sauver ou de me cacher, je restai là stupidement, pétrifiée de terreur sans savoir quoi faire, comme si par ma seule immobilité je pouvais disparaître à la vue de tous. Depuis la maison, je ne voyais qu'une portion de la route où se succédaient dans un nuage de poussière des chevaux galopant montés par des routiers hurlants qui brandissaient des torches allumées. Ma mère et Catherine étaient parties filer chez une voisine et mon père avait emmené Jean à la maison commune.

Inévitablement, l'un des cavaliers finit par entrer dans la cour et appela quelques-uns de ses acolytes à sa suite à grands renforts de moulinets de bras.

- Des chevaux et de la donzelle, par ici !

Je n'eus pas le temps de me cacher ni ne m'enfuir, je ne savais pas si ces bruits assourdissants dans ma poitrine étaient les martèlements des sabots ou les battements de mon cœur. Il arrivait sur moi et je ne voyais aucune échappatoire, lorsque je me sentis brutalement tirée en arrière. Je me retrouvais sur mon derrière sur les dalles de la salle, les épluchures répandues autour de moi, et la porte claqua bruyamment. Avant que j'aie eu le temps de réaliser, mon père me soulevait comme un sac de blé sur son épaule et me montait au grenier quatre à quatre pendant que Jean barrait la porte avec un épar. Depuis la lucarne sous le toit, mon père essayait d'observer ce qu'il se passait, mais sa vue était gênée par les maisons avoisinantes. Les routiers ne semblaient pas vouloir rentrer dans la maison, mais nous entendîmes des hennissements et les couinements des cochons, entrecoupés de caquètements effrayés. Dans la portion de route qu'il pouvait apercevoir entre les maisons, il voyait courir des hommes et des femmes éperdus qui cherchaient à échapper à leurs bourreaux.

- J'y vais, dit Jean en se dirigeant vers l'échelle pour redescendre. Il faut défendre le…

- Tu restes ici, le coupa mon père. Avec quoi comptes-tu te battre ? Un balai que tu aurais trouvé dans la maison ? Tu n'aurais même pas le temps d'aller chercher une fourche que tu serais déjà mort. Nous ne pouvons rien faire pour l'instant que prier.

A ce moment, d'autres cavaliers entrèrent dans la cour, deux d'entre eux mirent pied à terre et tentèrent de rentrer dans la maison, mais la porte était solide et les volets fermés. Ils se contentèrent d'aller dans l'écurie, d'ouvrir la soue à cochons et le poulailler et de chasser les bêtes affolées devant eux, puis disparurent dans un bruit de galopade.

- C'est Henri d'Orly, dit enfin mon père après un long moment, en se retournant et en s'asseyant sur la paille à côté de la lucarne, tandis que les bruits de sabots déclinaient dans le lointain. C'est un routier bourguignon qui cherche du ravitaillement pour ses troupes. Il est capitaine à la forteresse de Doulevant mais ça ne l'empêche pas d'être un cruel malfaisant et un assassin sans pitié qui a déjà pillé plusieurs villages. J'espère que ta mère et Catherine ont eu le temps de se mettre à l'abri. J'étais toujours debout là où il m'avait posée, toute tremblante, je ne parvenais pas à rassembler mes esprits. Mon frère Jean mit son bras autour de mes épaules agitées de soubresauts.

- Ca va aller ma Jeannette, plus de peur que de mal. Heureusement, nous avons dû aller à la maison commune ce matin au lieu d'aller aux champs, et nous venions juste de rentrer.

A ce moment, nous entendîmes en bas la porte de derrière qui s'ouvrait, et ma mère qui appelait pour savoir si nous étions à la maison. Nous redescendîmes dans la salle, et ma mère me serra dans ses bras à m'étouffer, en retenant ses sanglots.

- Ma Jeannette, j'ai eu tellement peur, nous étions chez la mère d'Hauviette, nous n'avons eu que le temps de nous enfermer.

Mon père ouvrit la porte avec précaution, resta un moment sur le seuil, mais il n'y avait plus un bruit dans le village, tous ceux qui étaient présents se terraient encore chez eux.

- Restez à la maison et refermez la porte, je vais voir ce que les routiers nous ont volé.

Il fut de retour rapidement.

- Ils ont pris les chevaux, les cochons et il ne reste que trois poules. Ils ont dû aussi passer par les prés et emporter les vaches et les moutons. Nous n'avons plus rien.

Il s'assit sur le banc et prit sa tête dans ses mains, découragé. Ces mots résonnèrent comme un glas. Nous n'avions plus rien. Plus de vaches pour avoir du lait, plus de poules pour avoir des œufs, plus de chevaux pour labourer, plus de cochons, plus rien à manger que nos maigres provisions. Je vis des larmes perler dans les yeux de ma mère mais elle se reprit.

- Tu devrais peut-être aller faire l'inventaire des dégâts dans le village, Jacques, c'est ton rôle de doyen, certains sont peut être encore plus affligés que nous et ont besoin d'assistance.

**

Nous sortîmes dans la cour. On était en plein midi et le soleil perçait, prémices d'une promesse printanière de renouveau. Des chants d'oiseaux s'élevèrent dans le silence pesant, des rayons de lumière jouaient dans les jeunes feuilles des arbres comme si rien ne s'était passé. C'était une sensation très étrange, comme si on entrait dans un autre monde. Puis un cri transperça cette apparente quiétude, et nous nous précipitâmes devant l'église pour y trouver le cadavre ensanglanté du frère de Simon Musnier. Sa mère s'arrachait les cheveux sur le petit corps qui avait visiblement été piétiné par les chevaux. Depuis que j'étais enfant, je n'avais encore jamais vu si horrible chose ni pareil désespoir. Nous apprîmes dans la journée que plusieurs filles, certaines de mon âge, avaient été violées et que plusieurs hommes avaient été tués dans le village en tentant de défendre leur avoir.

Je me sentais comme transformée en pierre. J'avais peine à me mouvoir comme si mes membres étaient ceux d'une statue, et je n'arrivais plus à respirer. Des larmes se pressaient au bord de mes yeux sans pouvoir s'en échapper. Nous étions vivants.

Mon frère Jacquemin arriva de Vouthon en fin d'après-midi, informé que le village avait été pillé, et rejoignit mon père à la maison commune où les hommes de Domrémy et Greux devaient se réunir pour faire le point. La mort nous frôlait de plus en plus près.

Chapitre 13

Cette nuit-là comme les suivantes, je ne parvins pas à trouver le sommeil avant le petit matin. J'entendis mon père rentrer très tard sans doute. Le jour pointait quand je finis par m'endormir, serrée dans les bras de ma Catherine, et au cours de la matinée j'avais tellement sommeil en accomplissant les tâches de la maison que je me sentais flotter dans un état second. Mon père était déjà reparti et le soir en rentrant il nous raconta que pratiquement tout le bétail du village avait été volé et plusieurs villageois tués. Les routiers avaient forcé le château de l'Isle pensant y trouver quelques richesses à piller, mais l'avaient trouvé vide, et, de rage, y avaient mis le feu. Nous avions aussi perdu notre dernier refuge.

Un chevaucheur arrivé dans la nuit avait rapporté que nos bêtes avaient été parquées à Dommartin le Franc, à moins de deux lieues de Doulevant et plus de six lieues de Domremy.

Dans la matinée, mon père avait mené une délégation du village au château de Bourlémont pour en appeler à la Dame de Joinville, suzeraine du village et cousine du comte de Vaudémont qui tenait le château de Joinville dont dépendait la forteresse de Doulevant.

Elle les avait écoutés avec attention, atterrée par cette terrible nouvelle, et elle avait promis de demander à son parent d'intervenir afin que le bétail fût rendu aux villageois. Le résultat ne se fit pas attendre. Le comte de Vaudémont envoya sans tarder ses troupes à Doulevant pour récupérer les bêtes. Henri d'Orly fut tué dans l'échauffourée et le bétail rapatrié. On construisit un enclos de fortune au milieu du village, où on pressa pêle-mêle dans une extrême confusion, vaches affolées, moutons bêlants et cochons grouinants. Les poules encagées faisaient un boucan de tous les diables. Les chevaux, plus sagement parqués dans un autre enclos, retrouvèrent bien vite leurs propriétaires. Pour les vaches et les cochons ce fut assez aisé également tant les gens connaissaient bien leurs bêtes. Et pour les moutons ce fut un peu plus compliqué, chacun repartit avec à peu près le nombre qui lui manquait. Quant aux poules, une fois lâchées, elles se mirent à courir dans tous les sens, et il fut décidé de les laisser rentrer toutes seules aux poulaillers où elles avaient leurs habitudes.

Les habitants de Domremy, si durement affectés par la perte des animaux qui faisaient leur principale richesse, étaient maintenant si soulagés, que personne ne se plaignit d'avoir été spolié.

Notre village pansait à nouveau ses plaies. J'allais aux champs la peur au ventre, je sursautais au moindre bruit inhabituel. Il n'y a qu'à l'église que je trouvais un peu de paix et j'y allais de plus en plus souvent. Je partageais mes prières entre Sainte Marguerite et Sainte Catherine, sans oublier Saint Remi car c'était tout de même son église.

Nous reprîmes tant bien que mal notre routine quotidienne, mais quelque chose cette fois avait vraiment changé. Les après-midis où nous filions en groupe chez l'une ou chez l'autre n'étaient plus agrémentés de romances et de légendes, ni de plaisanteries d'aucune sorte. La mère de Simon avait perpétuellement les yeux rouges et reniflait sur sa quenouille de lin, et aucune de nous ne savait trouver les mots pour adoucir sa peine. Une autre avait vu son beau-frère pendu avec douze autres villageois par les routiers d'une autre bande qui avait pillé Villerby, un village un peu plus loin que Vaucouleurs.

Même les plus âgées d'entre nous n'avaient connu que la guerre entrecoupée de périodes de trêves, et aucune ne savait à quoi ressemblerait la vie en temps de paix. Toutes ces femmes se disaient qu'elles mourraient sans l'avoir connue et peu à peu le désespoir s'abattait sur toute la communauté comme un grand corbeau noir. Le découragement et la résignation se lisaient sur tous les visages. Même mon père autrefois si entreprenant rentrait le soir et s'affalait sur le banc en soupirant.

Assises en cercle dans la salle chez la mère Musnier, nous étions toutes la tête baissée en silence sur notre ouvrage comme si nous attendions la hache du bourreau. Certaines filaient le lin, d'autres, comme moi, cousaient des chemises.

C'est alors que Jeannette Thiercelin, l'une de mes marraines de qui je tiens mon nom, leva la tête et dit :

- Avez-vous entendu parler de la prophétie de la Gasque[18] ?

---

[18] *Marie Robine, dite Marie d'Avignon ou Marie la Gasque (la Gasconne), était une prophétesse qui vécut à la fin du XIVe siècle. Venue en pèlerinage à Avignon pour obtenir la guérison de sa paralysie, elle se mit à prophétiser lors de douze visions après sa guérison. Elle raconta notamment que des vois célestes lui avaient présenté des armes et des armures pour 'bouter les Anglois hors de France', mais*

Toutes les têtes se relevèrent de leur ouvrage avec intérêt. Certaines hochaient la tête en signe d'acquiescement.

- Non, dit Marie Thévenin, qui est-ce ?

- C'est une femme, morte il y a déjà long, qui disait que le royaume perdu par une putain sera sauvé par une pucelle.

- Jeannette ! s'écria maman, scandalisée, il y a des jeunes filles ici !

- Quoi ? dit Jeannette, comment veux-tu qu'on l'appelle cette Isabeau qui a renié son fils et qui a vendu le royaume aux Anglais [19] ?

-Je restai hébétée l'aiguille en l'air. Puis quelques instants plus tard, je me repris. Que pouvait avoir affaire une pauvre fille comme moi avec une pucelle qui sauverait le royaume. C'était une autre paire de manches que de tenir droit sur un cheval jusqu'à la chapelle de Bermont. Et en pensant à Bermont, me revint soudain le souvenir de l'air entendu qu'avaient échangé les trois dames lors de notre visite de l'hiver précédent.

Jeannette poursuivit le récit qu'elle tenait de sa cousine de Toul. Cette Marie Robine, surnommée la

---

que ce rôle serait imparti non pas à elle-même mais à une pucelle qui viendrait après elle.

Les prophètes et prophétesses n'étaient pas rares à cette époque et bénéficiaient d'un certain crédit, à tel point qu'en 1413 l'université de la Sorbonne avait publié une affiche pour demander à tous ceux qui se sentaient investis d'un don de prophétie se fassent connaître.

[19] *Isabeau de Bavière, épouse de Charles VI le Fou et mère de Charles VII, qui a été spolié de son titre de Dauphin héritier du trône de France au profit du roi d'Angleterre par le traité de Troyes en 1420.*

Gasque, avait même été reçue par le pape qui lui avait donné une rente. Elle était donc digne de foi.

La mère Musnier s'était arrêtée de renifler et suivait la conversation avec intérêt.

- Ça ressemble à la prophétie de Merlin qui dit que du bois chenu sortira une pucelle qui portera remède au mal ! dit Alix Herblot.

- Mais le bois chenu c'est chez nous !

- Ca ne veut rien dire, répondit maman. Des bois chenus il y en a partout. Et des prophétesses il y en a beaucoup aussi. [20].

- Tout de même, Merlin ce n'est pas n'importe qui, souligna Isabelle, la femme de notre voisin Gérardin.

- Il ne serait pas Anglais par hasard ? Toutes les histoires qui parlent de Merlin se passent en Angleterre, comment croire ces félons ?

- Mais non c'était un Celte, renchérit Catherine Masselin.

- Et c'est où le royaume de Celtie ? demanda Marie Thévenin.

La conversation s'embrasa comme un feu de petit bois sec au contact d'un tison. On n'y comprenait plus rien. Le rouge montait aux joues dans une cacophonie grandissante, certaines brandissaient leur quenouille pour appuyer leur conviction, qui fallait-il croire, est ce que c'était vrai qu'une pucelle allait sauver le royaume, et quand ? Et de quel bois chenu

---

[20] *A l'époque de Jeanne, 4 femmes et 2 hommes sont attestés comme prophètes. La plus connue est Catherine de La Rochelle, qui voyait l'apparition d'une dame blanche et qui proposa à Charles VII d'utiliser ses pouvoirs pour lever une armée.*

viendrait-elle ? S'il subsistait une petite parcelle d'espoir alors tout n'était peut-être pas perdu ?

Maman se leva et tendis les mains vers l'avant pour appeler au calme.

- Reprenons nos ouvrages et ne prenons pas de retard, car la prochaine tonte aura lieu bientôt et nous aurons de la laine nouvelle en grande quantité à filer.

En tant que femme du doyen, elle bénéficiait d'une autorité naturelle et le silence revint aussitôt. Mais quelques rires étouffés fusaient dans la pièce.

Un peu de vie était revenue dans le village.

Chapitre 14

Eté 1425

En juin, la guerre avait repris plus à l'est, et les mercenaires s'étaient déplacés. Nous pensions être tranquilles pour quelques mois, le temps de faire les moissons.

Le siège de Vaucouleurs était toujours en cours, mais Antoine de Vergy, le détenteur officiel de la place, était rentré à Paris où l'attendaient des missions plus glorieuses que de tenir cette vieille forteresse aux confins du royaume, alors que pour Baudricourt, qui en était capitaine depuis dix ans, Vaucouleurs était sa patrie.

Vergy avait donc laissé une petite garnison devant Vaucouleurs, et les avait laissés se débrouiller. Baudricourt les nourrissait même parfois pour éviter qu'ils ne pillent les villages avoisinants déjà exsangues.

Les troupes du royaume peinaient à se défendre et les Anglais continuaient d'avancer. Mon père se rendait plus rarement à Vaucouleurs car la garnison de Vergy, livrée à elle-même, entreprenait parfois des raids, destinés principalement à trouver du ravitaillement et à se dégourdir les jambes. Les villageois alentours préféraient sacrifier quelques poules que voir leurs villages détruits. Mon frère Pierre nous rendait parfois visite, et repartait avec moult provisions, légumes, saucisses sèches et gâteaux que Catherine, maman et moi avions confectionnés pour lui.

Quelques semaines plus tard, le mois d'août semblant assez calme, nous reprîmes nos réunions de famille et on pouvait même envisager d'organiser enfin le mariage de Catherine et Jean Colin à l'automne. A l'occasion de la fête de l'assomption qui célébrait le jour où la Vierge Marie est montée au ciel, la sœur de maman, Aveline, qui habitait à Burey, devait venir pour la journée avec son mari Jean le Vausseul, sa fille et son gendre Durant Laxart. Ma cousine, qui s'appelait Jeanne, était un peu plus âgée que moi, mais son époux, qui était laboureur comme mon père, avait presque le double de son âge, et je peinais à m'imaginer un cousin aussi vieux. Il avait plutôt l'âge d'un oncle, mais je l'aimais bien, c'était un homme aimable et avisé qui savait beaucoup de choses.

Le jeudi précédent, j'étais partie avec plusieurs filles du village chercher des mûres sur la colline de Bermont. C'était une journée étouffante mais le sous-bois filtrait les rayons brûlants et il y faisait bon, les insectes bourdonnaient autour de nous et butinaient les petites fleurs aux couleurs délicates. Les mûres avaient donné à foison et nous avons rempli nos paniers rapidement tout en discutant de choses légères. En fin de matinée, Mengette en avait mangé autant qu'elle en avait ramassées et elle avait un peu mal au ventre.

Nous avons pris le chemin du retour avec nos paniers pleins. Arrivées dans la pente nous nous sommes mises à marcher plus vite, entraînées par la déclivité, en nous envoyant des œillades de connivence et des sourires en coin, puis nous avons commencé à faire la course à la première arrivée en bas, comme nous le faisions souvent quelques années plus tôt. Nous dévalions la colline à toute vitesse en riant et en hurlant, et une fois au bout du sentier, arrivées sur le plat, nous nous écroulions dans l'herbe, essoufflées et échevelées, en continuant de rire.

Cette fois c'était un peu plus difficile avec un panier plein de mûres, mais j'étais plus légère et je courais plus vite que les autres, je distançai facilement mes amies. Une fois arrivées en bas à l'entrée de Greux, il fallut remonter chercher Mengette qui était restée pliée en deux au bord du chemin en se tenant le ventre, et ramasser tous les fruits tombés pendant la course. Je dus la soutenir jusqu'à sa maison, voisine de la nôtre.

Maman allait faire macérer les mûres dans du vin pendant deux jours, puis les écraser et les mélanger à du miel avant de faire cuire le tout, et une fois tamisé et refroidi, le breuvage qu'on appelait moretum serait servi au dessert du repas de fête du dimanche.

La fraîcheur de la maison me fit du bien, je me sentais fatiguée et moite, comme si cette course avait consumé le surcroît d'énergie qui m'habitait d'ordinaire. Je posai mon panier sur la table et je m'assis sur le banc pour reprendre mon souffle.

- Va donc emprunter quelques œufs chez Hauviette, me dit ma mère, je n'en aurai pas assez pour préparer le repas.

Je ressortis et m'arrêtai dans la cour devant le puits. Je tournai la manivelle pour remonter un seau d'eau fraîche. Je bus un peu et me nettoyai le visage, puis je décidai, avant d'aller chez Hauviette qui habitait tout près, de passer prier quelques instants à l'église qui était juste de l'autre côté de la maison. Prise d'une sorte de vertige, je tombai plus que je ne m'agenouillai devant la statue de Sainte Marguerite. Des éclairs de lumière fusaient devant mes yeux et je me sentis vaciller. Il faut dire aussi que je n'avais rien avalé depuis la veille au soir à part deux ou trois mûres. Je sentais mon front mouillé de sueur froide alors que mes joues brûlaient. J'étais comme glacée à l'intérieur et incandescente à l'extérieur, prête à défaillir de faiblesse, je manquais d'air, puis je ne sentis plus mes genoux sur la pierre, comme si je flottais. Je me suis dit que j'allais mourir, et que Sainte Marguerite descendrait de son socle pour m'emmener au ciel. Je levai la tête, les yeux fixés sur la Sainte, et j'eus presque l'impression de voir ses lèvres bouger pour me dire quelque chose. Puis la lumière se dissipa et je retrouvai mes esprits, épuisée.

Je sortis de l'église mal assurée sur mes jambes, éblouie par le soleil, et me dirigeai vers la maison d'Hauviette. Le village était désert. La mère d'Hauviette n'avait que deux œufs à me donner, mais elle me dit que si je pouvais pousser jusque chez Morel, sur Greux, ils en avaient suffisamment. Me voilà donc repartie, avec un œuf dans chaque poche, et toujours chancelante. Je longeai le champ de seigle qui séparait Domremy de Greux sans croiser âme qui vive.

Je toquai à la porte et j'entrai sans autre cérémonie. Les époux Morel étaient assis en train de se restaurer, une grosse miche de pain entamée entourée de miettes sur la table, et une moitié de fromage sur une écuelle.

- Te voilà bien pâle, ma Jeannette, dit Morel, que t'arrive-t-il ?

- Bonjour mon parrain, c'est juste ma mère qui m'envoie quérir quelques œufs si vous en avez, nous vous les rendrons bien vite.

- Assied-toi pour commencer, et prends un peu de fromage, as-tu mangé quelque chose aujourd'hui ?

- Non pas encore, mais je vais dîner à la maison, maman attend les œufs.

- Tu es sûre ? Tu n'as pas l'air bien, tu ne veux pas te reposer un peu ?

- Non c'est gentil, merci, ça va aller, je dois rentrer.

Comme tu voudras, dit Morel en me tendant un panier que sa femme venait d'aller chercher dans le cellier. Nous en avons d'autres, ne sois pas pressée de nous les rapporter. Prends bien soin de toi et salue tes parents pour nous.

Je remerciai et je pris le chemin du retour. Le long du champ de seigle. Il serait moissonné dans la semaine, les hauts épis bougeaient doucement comme une chevelure sous la petite brise qui n'arrivait pas à rafraîchir l'air épais. J'avançais beaucoup plus lentement que d'habitude sous le soleil écrasant.

Soudain je ne sentis plus aucun poids au bout de mon bras et j'eus conscience d'une présence à mes côtés. Mieg avait saisi mon panier. Comment avais-je pu ne pas entendre le bruit de ses sabots sur le chemin ?

- Qu'est-ce que tu fais là en plein midi ? Lui demandai-je.

- Tu vois, je t'aide.

- Et tu es venu de Burey pour m'aider à porter un panier d'œufs ? Qu'est-ce que j'aurais fait sans toi !

- Je vais chercher une charrette de mon père qu'il a prêtée à Thiercelin. Mais ça n'empêche pas. Je pourrais t'aider à bien d'autres choses si tu voulais. Et puis j'ai quelque chose à te dire. Il s'arrêta et m'attrapa par le bras juste au-dessus du coude pour me tourner face à lui. Il faisait une bonne tête de plus que moi et je n'étais pas rassurée. Il me regarda dans les yeux et pour une fois j'y vis un soupçon d'hésitation.

- Tu seras bientôt en âge de te marier, et je vais aller voir tes parents. Je serai laboureur après mon père, nous ne manquerons de rien, et tu sais tenir une maison. C'est toi que je veux.

En temps ordinaire, je lui aurais mis un bon coup de sabot dans les jambes, et je me serais enfuie. Mais je n'eus que la force de lui rire au nez.

- Tu as besoin d'une souillon pour tenir ta maison ? Il n'y en a pas assez à Burey que tu doives chasser à Domremy ?

- Déjà tu ne me parles pas sur ce ton, répondit-il en me serrant le bras plus fort. Et quand nous serons mariés tu feras ce que je te dirai, et fini de galoper sur les chemins habillée avec les vêtements de ton frère, tu te comporteras comme une femme respectable, c'est un honneur que je te fais, personne ne voudra de toi si tu continues à te conduire de la sorte.

- Mais je ne t'ai rien demandé et je ne veux pas t'épouser ni maintenant ni plus tard ! Et d'ailleurs je ne veux épouser personne ! Rends moi mon panier et fiche moi le camp ! Je hurlais presque, un oiseau s'envola.

- C'est ce qu'on va voir, dit Mieg en serrant les dents et en me tirant au bord du chemin, lâchant le panier. Il me poussa et je tombai dans le petit fossé. En un instant il était sur moi et tentait de relever ma robe d'une main en grognant comme un porc tandis que son autre main était plaquée sur ma bouche pour m'empêcher de crier. Les yeux agrandis par l'effroi, je me tortillais dans tous les sens sous le poids de son corps pour essayer d'échapper à mon funeste sort. Je ne pensais qu'à une chose, mon vœu de virginité allait guider toute ma vie, et je n'étais pas prête à me laisser déshonorer par un malfaisant comme Mieg. A force de taper du poing sur le sol en me débattant je sentis sous ma main une grosse pierre, et sans réfléchir le l'assenai de toute ma force sur la tête de Mieg. Elle l'atteignit à l'oreille sans lui défoncer le crâne, mais lui fit suffisamment mal pour qu'il arrête de m'agresser et porte la main à sa tête. Il la regarda, incrédule, elle était pleine de sang.

- Tu m'as meurtri, catin ! Tu me le paieras cher !

Il était sans doute un peu étourdi, car j'eus le temps de me relever, de ramasser mes sabots que j'avais perdus dans la bagarre et de m'enfuir sans me retourner en attrapant mon panier au passage. Plusieurs œufs étaient cassés, mais il en restait suffisamment. Par contre, les deux œufs qui étaient

dans mes poches étaient en omelette et ma robe pois-
sait autour de moi.

Le cœur battant à sortir de ma poitrine, je courus
jusqu'à la maison et je racontai à maman que j'étais
tombée avec le panier, en m'attendant à me faire
gronder. Mais maman pleine de sollicitude s'enquit
d'abord de savoir si je m'étais fait mal avant de ho-
cher la tête d'un air résigné.

- Ma Jeannette, tu dois faire plus attention, à
quoi penses-tu donc ? Va te laver, tu es toute bar-
bouillée.

Je ne me fis pas prier pour me retirer dans ma
chambre avec un pot d'eau et une écuelle. Je me la-
vai les mains et le visage, et avec un linge j'essayai
de nettoyer les taches d'œuf, mais en vain.

Catherine qui était au jardin, rentra et vint
s'inquiéter de mon état. Assise sur le lit à côté de
moi, elle m'entoura de ses bras en m'embrassant sur
la tempe. Je la regardai, et elle lut au fond de mes
yeux encore effrayés que je n'étais pas seulement
tombée.

- Il t'est arrivé quelque chose ma Jeannette. On
t'a fait du mal ?

- Non, je suis seulement tombée et j'ai eu un peu
peur.

Cela m'aurait sans doute fait du bien de me confier à ma Catherine, mais les mots restaient coincés
dans ma gorge, et c'était trop compliqué. Une question en aurait entraîné une autre, on m'aurait

demandé pourquoi je ne voulais pas de Mieg[21] qui était après tout un bon parti, et si j'avais avoué ce qu'il avait tenté de faire, mon père aurait galopé à Burey et l'aurait ramené par la peau des fesses, mais le mariage aurait été inévitable pour sauver mon honneur.

Je venais de mentir à ma mère et à Catherine, il faudrait aller me confesser sans tarder.

Je me sentais profondément ébranlée. Je pouvais à peine respirer. Je venais d'échapper à un grand danger et je ne pouvais en parler à personne. Les Anglais nous envahissaient, les routiers nous avaient avait pillés, volés, avaient saccagé le village, brûlé notre refuge du château de l'Isle, et maintenant c'était un garçon que je connaissais depuis ma naissance qui m'attaquait pour me prendre à la fois ma virginité et quelque chose de tout aussi important : ma liberté de décider de ma vie.

Jusque-là, je n'avais jamais vraiment réfléchi à ce que signifiait le mariage, mais ce jour-là je me fis le serment de ne jamais laisser un mari me gouverner et me dicter ce que je devais faire. Si les parents de Mieg venaient me demander pour leur fils, j'étais déterminée à m'enfuir.

---

[21] *Mieg : Michel Lebuin, laboureur à Burey, témoignera lors du procès de réhabilitation de Jeanne. Il sera interrogé le samedi 31 janvier 1465, alors âgé de 44 ans.*

Chapitre 15

Mi-août 1425

Le dimanche de la fête de Marie, je ne me sentais pas mieux, mais je fis bonne figure. Dès la veille, nous avions préparé des tourtes et des compotes, plumé deux poules, mon père avait sorti de la fosse un tonnelet de son meilleur vin, et depuis le matin de bonne heure, maman s'affairait en chantonnant dans la cuisine où le soleil entrait à flots par la fenêtre ouverte. Jean et mon père avaient installé une longue table de planches sur des tréteaux devant la maison. Puis nous nous dépêchâmes d'enfiler nos meilleurs habits pour partir à Greux où nos invités devaient nous retrouver devant l'église pour la messe.

Après des exclamations de joie et des embrassades, maman entra dans la maison de Dieu bras dessus-bras dessous avec sa sœur, et le reste de la famille suivit en devisant joyeusement. Elles n'arrêtèrent pas de chuchoter et de se sourire pendant tout l'office, impatientes d'échanger des nouvelles. J'enviais vraiment son bonheur simple, alors que j'étais submergée par des émotions que je peinais moi-même à comprendre. Je priai avec ferveur en espérant que la Vierge viendrait à mon secours. Nous rentrâmes ensuite à Domremy, les femmes sur la charrette qui avait amené les oncles et cousins, et les hommes à pied.

Ma tante me trouva bien pâle et bien maigre, mais toute l'attention se tourna bientôt vers ma cousine Jeanne qui attendait son premier enfant. Durant Laxart n'était pas peu fier. Il était sûr que ce serait un garçon. Sa première épouse était morte de maladie et il n'avait pas encore d'héritier à son âge avancé. Catherine regardait le petit ventre de ma cousine avec intérêt et envie, en se disant qu'un jour prochain elle aussi porterait un enfant, et posait moult questions sur ce qu'elle ressentait. Je filai à la cuisine avant que ma tante ne dise 'et toi, alors Jeannette, quand vas-tu te fiancer...?'

Je m'agitais avec un entrain simulé, je plaisantais pour faire illusion, je servais les mets, débarrassais les plats vides, je multipliais les allers-retours à la cuisine, j'occupais l'espace pour que personne ne s'aperçoive que je n'avais presque rien mangé. Maman était tout à sa joie des retrouvailles familiales, mon père se détendait un peu, seule Catherine me scrutait avec un air soupçonneux, et elle semblait lire si clairement en moi que je fuyais son regard à chaque fois que je sentais ses yeux sur moi.

J'avais l'impression de n'être qu'une coquille de noix vide. Les premiers jours après l'agression de Mieg, l'indignation et le ressentiment avaient pris le pas sur la peur rétrospective. A cela s'ajoutait un malaise diffus qui s'était rapidement transformé en aversion de ce corps qui faisait de moi presque un animal quand j'aurais souhaité être un pur esprit. Je voulais qu'on parle à mon âme, au lieu de jauger mon aspect comme celui d'une bête au marché. Maintenant j'étais heureuse de n'avoir jamais eu la maladie cachée des femmes. J'aurais voulu ne pas avoir de corps, n'être pas soumise aux contraintes terrestres qui m'obligeaient à manger et dormir. Devenir un être immatériel, communiquer directement avec le ciel, enfin ne plus redouter qu'on me blesse dans ma chair puisque je n'en aurais plus. Et moins je mangeais, plus je me sentais légère et proche du ciel.

Ils repartirent après les vêpres pour arriver chez eux avant la nuit, et nous avons tous prié pour que leur retour se passe sans encombre. Une fois rentrés chez nous, il y avait suffisamment à ranger et nettoyer, il fallait nourrir les bêtes, nettoyer les litières et traire les vaches, et l'euphorie qui avait régné sur la journée continuait à planer sur la maison. Maman babillait pour quatre et ne remarqua pas que j'étais quasi muette. Dès que tout fut propre et en ordre je m'échappai dans ma chambre et je sombrai d'un coup.

Les jours suivants, je ne me sentais pas mieux. A mon malaise physique s'ajoutait une vague culpabilité de n'être pas ce que mes parents auraient voulu. Plus j'y pensais et plus j'étais partagée. J'aurais aimé qu'ils soient contents de moi parce que je les aimais et je n'avais pas envie de m'opposer à ma famille et de créer des conflits, mais je me sentais si différente et si incomprise que cela me semblait impossible.

***

Vers la fin du mois d'août, nous apprîmes qu'une nouvelle place était tombée aux mains des Anglais : Le Mans. Je ne savais pas où c'était, mais mon père, qui avait reçu la nouvelle de Vaucouleurs, expliqua que cela signifiait que les Anglais avançaient vers la Loire et vers Bourges, là où le roi de France s'était réfugié. Jusque-là les solides murailles avaient protégé la ville, mais pour finir, le capitaine Baudoin de Tucé avait cédé aux attaques répétées du comte de Salibury, et la ville était maintenant anglaise, administrée par le frère du roi d'Angleterre. Le semblant de sérénité qui avait éclairci notre été s'effondra soudain. Les jours sombres étaient revenus malgré le beau temps persistant. L'été n'en finissait pas, il faisait lourd, les jours suivants furent moroses. Bien que le Mans fût pour nous comme de l'autre côté de la terre, nous sentions le royaume de plus en plus menacé, et nous aussi par répercussion.

Maman faisait tous les efforts possibles pour que la vie semble normale. Ce matin-là, elle m'avait demandé d'aller cueillir des groseilles, et j'étais passée chercher Hauviette et Mengette pour m'accompagner. La fontaine aux groseilliers, la bien-nommée puisqu'elle était environnée d'une quantité de ces petits arbustes, se trouvait à la sortie du village du côté opposé à Greux, un peu avant l'arbre aux fées. Mais contrairement aux mûres qui croissaient au bord des chemins ombragés par les arbres alentours ou encore dans les sous-bois, les groseilliers poussaient à découvert en plein soleil. Nous les découvrîmes alourdis de grappes de petites perles rouges qu'il fallait cueillir avant que les oiseaux ne s'en régalent.

Nous avons passé un grand moment courbées sur nos paniers, puis nous nous sommes rafraîchies dans la fontaine. L'eau coulait on ne sait d'où dans un bassin en pierre, puis débordait sur le côté et formait un petit ruisseau qui descendait vers la rivière à un jet de pierre de là. C'était le paradis des grenouilles, et nous nous sommes bien amusées à les faire sauter en les effrayant avec des baguettes. Le soleil était au zénith quand nous avons repris la direction du village.

Le visage me brûlait et je sentais des gouttes de transpiration couler sous mon bonnet et glisser sur mes tempes. J'apportai le panier de groseilles à maman, puis comme aucune tâche urgente ne m'attendait, je décidai d'aller me reposer un peu avant de manger, sur le banc de pierre à l'ombre d'un grand arbre dans le jardin. Je me sentais si faible que je finis par m'asseoir par terre pour m'appuyer contre le banc et je fermai les yeux. Une petite brise agitait les feuilles de l'arbre dans un doux murmure. Rapidement je me rendis compte que ce n'était pas le bruit du feuillage que j'entendais, mais quelqu'un qui me parlait doucement. J'ouvris les yeux, et sur ma droite du côté de l'église apparut une grande clarté, la voix venait de cette direction. Ce n'était la voix ni d'une femme ni d'un homme, mais une voix douce, céleste, qui m'appelait par mon nom. Je sus que c'était celle d'un ange envoyé par Dieu. Des contours se dessinèrent dans le halo éblouissant et je crus voir des ailes. J'étais à la fois effrayée par ce grand prodige, et pas vraiment surprise, car depuis que je demandais l'aide du ciel, elle était enfin venue à moi. La voix me dit que je devais bien me conduire et aller à l'église, et aussi qu'elle reviendrait, puis elle disparut brutalement en même temps que la lumière.

Je me retrouvai allongée à côté du banc, le souffle court. Je voyais encore comme des lucioles qui dansaient devant mes yeux. Puis ma mère m'appela. Je me relevai en flageolant et rentrai dans la maison en me demandant si j'avais bien vécu ce moment ou si j'avais rêvé. Je n'avais jamais entendu parler d'une chose pareille. Et pourtant je l'avais inconsciemment espérée de toute mon âme.

Le soir quand je fis mes prières, agenouillée devant mon lit, je remerciai Dieu de m'avoir fait un signe, et je lui dis que j'attendais la prochaine visite de l'ange. Puis je me couchai seule, Catherine était encore dans la salle à parler de son mariage prochain avec maman. Malgré la frayeur que m'avait occasionnée cette apparition, je m'endormis rassérénée.

Au petit matin, je fus à nouveau réveillée par un bruissement et un chuchotement. C'était comme un froissement d'étoffe, et quelqu'un m'appelait à voix basse. Dans mon demi-sommeil, je pensais que Catherine voulait me réveiller pour aller chercher de l'eau au puits, mais quand j'ouvris les yeux je vis à nouveau cette clarté éblouissante qui emplissait toute la pièce, et l'ange au milieu qui me souriait. Et je le reconnus. C'était Saint Michel[22]. Il était vêtu d'or et de lumière. Je fus effrayée à nouveau, et j'eus peur qu'il ait réveillé Catherine, mais elle dormait comme une bienheureuse à côté de moi et ne s'était rendu compte de rien. Autour de lui voletaient d'autres

---

[22] *Dans la tradition, l'archange Saint Michel a pour mission divine de chercher et trouver l'élu qui sauvera le royaume de l'envahisseur C'est sans doute la raison pour laquelle Charles VII fait figurer Saint-Michel comme emblème sur les étendards de ses troupes, avec la devise « Il est mon défenseur » dès l'année 1420*

anges, plus beaux les uns que les autres. Au plus profond de moi, je sentais que tous ces anges n'étaient qu'amour et qu'ils ne me voulaient que du bien.

Le lendemain à la tombée de la nuit alors que j'allais puiser de l'eau, Saint Michel revint et m'annonça la visite prochaine de Sainte Catherine et de Sainte Marguerite, me disant que Dieu les avait désignées pour me guider et me conseiller, et que je devais croire ce qu'elles me diraient car c'était la volonté de Notre Seigneur. J'allai prier à l'église devant leurs statues, et je leur dis que je les attendais.

Elles vinrent en effet me visiter fin septembre. Je rentrais des champs avec un panier pesant, et je marchais le long du chemin, perdue dans mes pensées. La lumière fatiguée de cette fin d'après-midi d'automne agrandissait déjà les ombres. Les Saintes apparurent alors que je passais près de l'arbre aux fées, un peu plus haut que le chemin à l'orée du bois, dans un halo lumineux. Elles étaient resplendissantes, magnifiquement vêtues d'étoffes chatoyantes et de voiles irisés, comme les dames que j'avais vues à Bermont. Elles me souriaient et me tendaient les bras. Je m'approchai et les laissais m'étreindre l'une après l'autre, c'était d'une douceur infinie, je me laissai caresser par le tissu soyeux de leur robe, je respirai leur parfum suave. Puis elles me dirent que je devais faire vœu de virginité, que c'était ce que Dieu attendait de moi. Je leur répondis que je l'avais déjà fait mais que c'était dans le secret de mon cœur seule la dame de Bermont le savait. Elles me dirent que c'était bien, et que je devais continuer à apprendre les Saintes Ecritures, à être une bonne fille, et prendre bien soin de moi, et après m'avoir assurée qu'elles veilleraient sur moi, elles disparurent, me laissant hébétée à la lisière du bois, mon panier à mes pieds.

Chapitre 16

Saint Michel revint me visiter plusieurs fois dans l'automne. Il me parlait depuis son île menacée par les Anglais et me demandait de l'aider.

- Je ne suis qu'une pauvre fille, lui répondais-je à chaque fois, je ne sais pas comment vous aider. Je ne sais rien de la guerre.

- Alors prie, Jeannette, car le royaume de France est en grande pitié.

Sainte Catherine et Saint Marguerite aussi me disaient que Dieu avait besoin de moi. Je ne comprenais pas bien ce que je devais faire, et je priais avec tant de ferveur et je passais tellement de temps à l'église que par deux fois le curé me renvoya chez moi. Il vint même voir mes parents un soir pour leur demander si je souhaitais devenir religieuse, ce qui les laissa perplexe. Je dus leur confirmer que ce n'était pas mon intention.

Cet hiver-là, qui fut rude, nous avons subi plusieurs alertes, mais sans dommages. Il ne s'agissait que de compagnies de soldats qui traversaient le village au galop. Puis, début décembre, nous apprîmes que le capitaine du Mont Saint Michel avait repoussé les Anglais en faisant un grand carnage dans les rangs ennemis. Et ce jour-là, Saint Michel m'apparut avec Sainte Marguerite et Sainte Catherine, tous trois souriants.

Les mois suivants furent assez calmes, et mes parents, moins préoccupés par la survie de la famille, recommencèrent à s'intéresser à mon avenir. Ma mère me répétait souvent qu'il faudrait que je songe bientôt à trouver un fiancé, et je lui répondais invariablement que je ne m'en souciais guère. Je surpris quelques conversations entre mon père et ma mère, dont une qui me glaça le sang, un jour qu'ils n'avaient pas entendu que j'étais dans le cellier et que la porte était restée ouverte.

- Une fois Catherine mariée, il faudra trouver un fiancé à Jeannette. Il faut quelqu'un qui la tienne. Cette enfant n'est pas normale, elle m'inquiète. Elle est pieuse et gentille, certes, mais elle n'en fait qu'à sa guise. Ce n'est plus une petite fille pour courir les chemins sans cesse, sans compter le danger de mauvaises rencontres. Dorénavant elle restera à la maison à filer et coudre et à apprendre à devenir une bonne épouse. Je ne sais pas ce qu'elle a dans la tête, mais il va falloir y mettre fin, avant qu'elle ne nous fasse honte.

J'attendis qu'ils fussent sortis pour quitter le cellier sans bruit.

Le samedi suivant j'allai prier à la chapelle de Bermont en procession avec les autres filles du village, et Sainte Marguerite m'y apparut, habillée en homme [23] et les cheveux coupés à l'écuelle[24]. Elle

---

[23]*La légende raconte que Sainte Marguerite, après avoir fui le mariage en raison de son vœu de virginité, s'être coupé les cheveux et déguisée en homme, sous le nom de Pelagius, entra au couvent et vécut parmi les moines si saintement qu'il/elle se retrouva nommé(e) par l'abbé à la tête d'une communauté de vierges. Accusé d'avoir engrossé une sœur qui avait fauté, puis chassé, Pelagius devient ermite et passe la fin de sa vie dans une caverne. À la veille de sa mort, elle finit par dévoiler son sexe dans une lettre aux moines et aux*

savait déjà ce que j'avais entendu, et me conseilla de suivre mon destin et de rester fidèle à mon vœu de virginité, car cela était bon et telle était la volonté du Seigneur qui m'avait en sa sainte garde.

Plus le temps passait, plus je me sentais seule et étrangère dans ma propre famille, et je ne pouvais plus compter que sur mes Saintes pour me guider.

Le mariage de Catherine était prévu au printemps suivant. Qu'allait-on faire de moi ensuite ? Est-ce que je devrais m'enfuir ?

***

Mai 1426

Après un hiver particulièrement rigoureux, le printemps tardif fut passablement humide. Le cheval peinait à tirer la charrue dans les sillons embourbés, et on avait dû poser des planches devant le seuil de la maison pour ne pas laisser nos sabots collés dans la gadoue. Seuls les cochons s'en donnaient à cœur joie et se roulaient dans la boue avec moult grognements de plaisir.

Plus le grand jour approchait pour Catherine, plus je redoutais cette date fatidique. Mon père avait

---

religieuses, lesquels, après l'avoir reconnue femme et vierge, entrent en pénitence.
[24] Ou encore coupe au bol ou coupe en sébile. Très populaire jusqu'au XVe siècle, c'était la coupe des soldats, les cheveux rasés sur la nuque et sur les tempes. Elle était initialement réalisée en posant effectivement sur la tête un bol ou une écuelle et en coupant tout ce qui dépassait. Elle s'explique par le port du casque (ou bassinet) qui aurait été inconfortable avec des cheveux plus longs.

déjà dû se mettre en quête d'un prétendant pour moi, puisque je ne manifestais aucun intérêt pour la chose, mais à qui allait-il me céder comme on vend une agnelle au marché ? Je scrutais les garçons du village mais je n'en voyais aucun qui me regardât différemment. Mon père avait-il envisagé un homme âgé comme le mari de ma cousine Durant Laxart ? Une relation lointaine qui m'emmènerait loin de Domremy ? Ces pensées m'obsédaient et je n'osais pas aborder la conversation avec lui, en espérant un peu qu'il avait d'autres préoccupations.

Je ne pouvais parler à personne de mon vœu secret, et mes Saintes me rassuraient en me disant que Dieu me viendrait en aide, mais je ne savais comment. Elles me répétaient de me préparer pour une mission qu'Il allait me confier.

Les chevauchées et batailles dont on entendait parler ne faisaient pas progresser la guerre dans un sens ni dans l'autre. En mars, la Bretagne s'était soumise aux Anglais et avait reconnu Henri VI comme roi de France. Mon père tentait d'avoir des nouvelles de Vaucouleurs, mais la confusion était grande. Nous apprîmes après coup, au début du mois de juin, qu'une trêve avait été signée entre Baudricourt et Jean, seigneur de Toulongeon et de Sennecy, maréchal de Bourgogne. Les hostilités avaient donc cessé entre Robert et Jean du 24 mars jusqu'au 31 mai, et, quand la nouvelle nous parvint, la trêve était déjà terminée et les attaques avaient repris.

Plusieurs mois se passèrent en escarmouches continuelles entre le bataillon anglais laissé par Vergy et les garnisons de Gondrecourt et de Vaucouleurs, les pillages reprirent et la terreur revint. Nous ne pouvions plus espérer aucune protection du château de l'Isle. Après l'incendie, il n'était plus réparable, la charpente avait subi de trop gros dommages et certaines pierres avaient éclaté sous la chaleur du feu. Les villageois commencèrent à utiliser le site comme carrière et à emporter tout ce qui était récupérable pour réparer leurs maisons.

Redoutant les pillages, ils cachaient leurs bêtes la journée et se relevaient pour les faire paître la nuit. Ils n'en pouvaient plus. La plupart n'avaient plus grand-chose à perdre maintenant et on sentait monter l'exaspération.

On parlait de plus en plus de la prophétie de la pucelle qui sauverait le royaume, et dans le même temps, mes voix se faisaient plus impérieuses. Saint Michel me dit un jour que Dieu m'avait choisie pour aller voir le roi et lui dire qi'Il lui viendrait en aide et qu'il ne devait pas perdre espoir. C'était donc ma mission. Cette idée commença à cheminer dans mon esprit, bien que je ne me figure pas comment j'aurais pu la réaliser. Comment aurais-je pu partir seule pour une ville lointaine dont je ne connaissais pas l'endroit, avec des routes aussi peu sûres ?

∗∗∗

Les préparatifs du mariage se faisaient bon an mal an, et malgré les difficultés de la vie quotidienne, Catherine était aux anges. La femme de Jacquemin lui avait donné sa robe de mariage qu'elle avait arrangée avec des rubans trouvés sur une autre robe pour la rendre presque méconnaissable, et faute de faire bombance pour le repas de noces on aurait grandement de quoi boire grâce à la prudence de mon père. Les pillards n'avaient jamais trouvé les fosses où il cachait son vin.

La veille du mariage, alors que depuis plusieurs jours je me faisais aussi discrète que possible, au moment où j'allais aller me coucher pour ma dernière nuit en compagnie de ma Catherine adorée, mon père me retint dans la salle.

- Assieds-toi.

Déjà le ton n'augurait rien de bon. Je me laissai tomber sur le banc comme un paquet de chiffons, résignée.

- Demain Catherine va se marier et elle va quitter la maison. Tes frères vivent leur vie et ils ont encore un peu de temps. Mais toi tu seras notre dernière fille à marier, et mon rôle de père est de veiller à ton avenir et de t'établir.

Je sentais mes épaules s'affaisser comme sous le poids d'une sentence de mort.

- Après la noce, j'annoncerai tes fiançailles avec Michel Lebuin[25]. J'ai parlé à ses parents et ils pensent aussi que d'allier nos deux familles serait une bonne chose. Tu connais Mieg depuis ton enfance, son père est laboureur comme moi, il apprend le métier. Il recevra de la terre à son mariage et je t'en donnerai aussi comme dot. Vous ne manquerez de

---

[25] *Colette Beaune, spécialiste reconnue de Jeanne d'Arc, avance ce nom comme vraisemblable pour le garçon qui aurait été pressenti par ses parents pour être son fiancé, mais d'autres sources disent que le promis était 'un garçon du village' alors qu'il habitait le village voisin de Burey. Michel Lebuin continuera à se tenir informé du parcours de Jeanne et témoignera lors du procès en réhabilitation le 31 mai 1456, alors âgé de 44 ans.*

rien et tu seras une femme honorable. Vous habiterez à Burey chez ses parents en attendant d'avoir une maison à vous. Et je crois même qu'il te trouve à son goût, ajouta-t-il avec un demi-sourire.

Je n'aurais pas été plus effondrée si on m'avait battue avec une bûche. Parmi tous les garçons des environs, il avait fallu qu'il choisisse le pire. Je restai tétanisée.

- Nous annoncerons vos fiançailles après la cérémonie de mariage de Catherine demain, et elles seront célébrées à la fête de Marie au milieu du mois d'août. D'ici là vous pourrez vous voir à la fête de la Saint Jean, nous avons invité ses parents. Tu peux aller te coucher maintenant.

Mon ventre faisait des nœuds et je sentais ma soupe qui remontait. Mon propre père, au lieu de me protéger, me jetait dans la gueule de ce prédateur bestial, et de surcroît il avait certainement l'approbation de ma mère et toute la communauté se réjouirait. Je me sentis misérable et je titubai jusqu'à ma chambre dans un mot, plus morte que vive.

Catherine m'attendait dans le lit, une étincelle dans le regard.

- Alors ma Jeannette, ce sera bientôt ton tour ? Tu vois, ne te morfonds pas de te retrouver toute seule dans ce lit, ce n'est pas pour longtemps ! me dit-elle avec un grand sourire. J'espère que tu connaîtras le même bonheur que moi. Je fis semblant de faire mes prières mais j'étais à l'intérieur comme un bloc de glace. Puis je me couchai et ma Catherine m'étreignit une dernière fois en m'embrassant à la racine des cheveux, sans s'apercevoir qu'elle tenait dans ses bras un arbre mort.

Chapitre 17

Juin 1426

Du mariage[26], je ne vis rien. Je me levai avant l'aube dans la touffeur moite de juin et j'allai prendre l'air dans le jardin. J'étais comme au fond d'un puits profond, et la seule lumière qui pouvait me maintenir en vie, c'était mes voix que j'appelais de mes vœux. Elles ne se firent pas attendre, Sainte Marguerite et Sainte Catherine apparurent dans un halo réconfortant, parées comme jamais de brocart chatoyant et de couronnes d'or. Elles tendirent les mains vers moi avec un regard d'une douceur infinie et je laissai ma joue reposer dans la main consolatrice de Sainte Catherine.

- C'est une épreuve que Dieu t'envoie, Jeannette, tu dois rester ferme et penser à ta mission.

Puis elles disparurent et la maison s'anima avec l'effervescence des grands jours. Maman était tout excitée, mon père aussi fier que si le monde lui appartenait, et Catherine ne touchait plus terre tant elle était heureuse. On installa les tables dehors dans la cour. Je fis à nouveau de mon mieux pour passer inaperçue, jusqu'à ce que, à la fin du repas, mon père tape sur la table pour attirer l'attention de

---

[26] *Nous savons que Catherine a épousé Jean Colin par l'enquête menée en août 1502 sur la demande des cousins maternels de Jean du Lys (la famille Darc avait été anoblie), fils de Pierre et neveu de Jeanne.*

l'assistance. Sentant que ça allait être mon heure, je filai me cacher dans le cellier. Je n'entendis pas ce qu'il se dit, mais seulement la clameur de joie et les félicitations étouffées par les portes fermées. On me cherchait. On m'appela.

- Jeannette ! Viens vite qu'on te félicite !

Puis mon père tonna.

- Jeanne ! Décidément cette donzelle est impossible, vivement qu'elle soit mariée.

Cette fois je m'enfuis dans le bois, et ne rentrai qu'à la nuit tombée. Mon père, ivre, ronflait comme un sonneur affalé de guingois sur le banc de pierre devant la maison. Ma mère s'affairait encore à la cuisine et me jeta un regard noir sans dire un mot. Je me réfugiai dans ma chambre, et me roulai en boule dans le lit vide où pour la première fois je dormis sans Catherine. Je me sentis terriblement seule.

Le lendemain je me levai avant l'aube à nouveau pour ne pas croiser mon père. Mon frère Jean était déjà debout et prêt à partir aux champs, je décidai de l'accompagner. Il mena la charrette et je le suivis sur l'autre cheval pour pouvoir rentrer avant lui. Je m'épuisai toute la journée à ramasser les épis et à faire des gerbes de fourrage. Mon père ne se montra pas, il devait être sur une autre parcelle. Mes saintes m'apparurent en fin d'après-midi, alors que je rejoignais le cheval attaché sous un arbre pour retourner à la maison. Elles étaient toujours souriantes et me dirent que dans mes épreuves, je n'oublie pas que Dieu était avec moi, ce qui me fit grand bien. Quand elles eurent disparu, je m'agenouillai devant l'arbre et je priai, réconfortée.

En rentrant au pas, j'aperçus à travers les arbres un groupe de jeunes gens s'entraîner à courir la lance sur un terrain de joute improvisé. Mieg était en lice sur un lourd sommier[27]. A sa vue je fus submergée par une vague de colère. Je me sentais galvanisée par mes prières, légère, puissante et invincible, l'heure de ma revanche était arrivée.

Au moment où son adversaire, un autre garçon de Burey, s'élançait en face à l'autre bout de la lice, j'arrivai derrière celui-ci et, en le dépassant, lui arrachai le bâton garni à son extrémité d'une boule de chiffon qu'il tenait à la main. Mieg avait déjà talonné son cheval, mais cet animal de trait n'avait guère un départ fulgurant. Lorsqu'il s'aperçut que c'était moi qui galopais à sa rencontre il eut un instant d'hésitation qui lui fut fatal, je lui enfonçai mon bâton bouchonné dans les côtes au passage et il fut désarçonné. Le cheval, qui était une brave bête, s'arrêta net. Je fis demi-tour au bout de la lice. Mieg était toujours face contre terre mais apparemment pas blessé puisqu'il frappait l'herbe d'un poing rageur. Il releva son visage maculé de boue sous les rires et les moqueries. Je jetai ma lance au sol et m'enfuis au galop sur mon percheron. Le voir à terre m'avait fait un bien fou.

Je mis le cheval au pas bien avant d'arriver au village, surtout pour calmer les battements de mon cœur emballé par la peur rétrospective. Qu'avais-je fait ? J'avais du mal à le croire moi-même. J'avais à peine réfléchi et je m'étais lancée alors que je n'étais habituellement pas très assurée sur un cheval au ga-

---

[27] *Cheval de bât.*

lop, sans me demander si j'étais capable d'une telle prouesse. Tous ces garçons auraient tout aussi bien pu me pourchasser et me mettre en pièces. Et maintenant, Mieg serait encore plus furieux contre moi. Mon appréhension était encore augmentée par la perspective de rentrer à la maison et de me confronter à mon père que je n'avais pas revu depuis son effet manqué au repas de noces. Mais bizarrement, plus j'approchais, plus je me sentais animée d'une détermination inébranlable à ne pas me laisser dicter ma conduite.

J'en conçus quelque frayeur. Désobéir à ses parents était un péché, que devais-je faire ? Je demandai conseil à mes voix, qui pour une fois firent la sourde oreille.

Quand je mis pied à terre, je l'entendis dans l'écurie qui nettoyait la litière. Je laissai donc le cheval attaché à l'anneau devant la maison et je me postai dans l'encadrement de la porte. Il faisait sombre dans l'écurie et il me tournait le dos, courbé sur sa fourche.

- Père !

Il se retourna, tenant la fourche de bois les pointes en l'air, le regard furieux.

- Ah te voilà enfin, satanée donzelle !

- Je n'épouserai pas Mieg.

- C'est ce qu'on verra.

- Tu ne peux pas m'obliger. Je ne prononcerai jamais les vœux de fiançailles.

Malgré moi je sentais des larmes déborder de mes yeux et ma voix s'étrangla, mais je réussis à articuler :

- Tu pourras me battre si tu veux. Je ne le ferai pas. Ce n'est pas ma destinée.

- Que peux-tu bien savoir de ta destinée, petite malavisée. C'est ta seule chance de t'établir honorablement.

- J'ai mieux à faire.

Et je tournai les talons pour rentrer dans la maison en essuyant mes larmes.

L'ambiance devint lourde à la maison, maman ne savait pas quoi dire en présence de mon père, mais quand il n'était pas là elle essayait de savoir ce que je pensais, ce à quoi je ne pouvais pas répondre sans trahir mes voix. Mon père était muet comme un mur, mais je sentais qu'il ruminait une façon de me contraindre.

Les garçons qui joutaient avec Mieg dans la clairière racontèrent ce qu'il s'était passé, et au lieu de m'en tenir rancune, comme je l'imaginais, c'est Mieg qui devint la risée de tous, jeté à terre par une pucelle grosse comme une brindille. On ne le vit pas à la fête de la Saint Jean quelques jours plus tard et j'en fus grandement soulagée.

C'est à cette fête que mon exploit arriva aux oreilles de mon père. Je le voyais de loin discuter avec un groupe de laboureurs, et soudain des éclats de voix se firent entendre, suivis d'une cascade de rires gras d'hommes en liesse. L'un se tapait sur les cuisses, l'autre se tenait le ventre, et mon père claqua ses mains sur ses flancs en hochant la tête de droite et de gauche d'un air incrédule et exaspéré. Il se tourna et appela ma mère, assise à une tablée, avec ma sœur Catherine, et d'autres commères qui lui demandaient sans doute comment se passait sa vie de jeune épousée. Ma mère le rejoignit et je vis à son attitude qu'elle n'avait pas l'air surprise. Elle devait déjà le savoir, les nouvelles vont plus vite par le biais des femmes que par celui des hommes. Elle semblait acquiescer en haussant les épaules d'un air résigné. Le père de Mieg approchant du groupe, le silence se fit, et les compères et ma mère se dispersèrent comme par enchantement en laissant mon père et celui de Mieg en tête à tête.

Le conciliabule fut long. Le père de Mieg n'avait pas l'air content. Le mien semblait s'excuser. Puis mon père serra l'épaule de celui de Mieg avec un hochement de tête et ils se séparèrent. Je ne savais pas ce que je devais en déduire. Le soir je tournai un moment autour de la maison mais il fallut bien rentrer et avoir la conversation que je redoutais. Mon père était déjà assis, en train de couper une miche de pain. Je restai debout devant la cheminée en attendant l'orage.

- J'ai appris ton exploit, me dit-il d'une vois sentencieuse qui ne présageait rien de bon. Puis il se mit à crier.

- Te rends-tu compte que tu as ruiné nos chances de voir nos terres réunies ? Nous étions sur le point d'allier nos deux familles et par ta faute nous voilà presque fâchés. Mieg ne veut plus de toi et son père dit que tu ne te comportes pas comme une fille respectable. Tu as porté la honte sur nous. C'était le meilleur parti des environs, je vais devoir te trouver un autre promis maintenant, mais qui voudra de toi ?

- Je ne veux pas me fiancer, père.

- Toutes les filles se marient, et tu ne veux pas être religieuse, que je sache ? Tu dois obéir à ton père sans discuter. Et pour quelle raison ne voudrais-tu pas d'un mari ?

- Je ne peux le dire, père.

- Alors puisque tu ne veux rien dire, tais-toi et va te coucher. Et je ne veux plus te voir aller par les chemins à cheval.

Je disparus dans ma chambre en retenant un sourire de soulagement.

- Cette fille va me rendre fou, soupira mon père.

- Elle a peut-être ses raisons ? hasarda ma mère.

- Ne me dis pas que tu vas la défendre ! vociféra mon père. Je me donne du mal pour établir cette petite écervelée et tout le monde est contre moi, maintenant ? Il se leva d'un bond en renversant le banc et sortit consumer sa colère au grand air.

Quelques instants plus tard, Jean passa la tête dans l'entrebâillement de la porte. J'étais assise au bord du lit, hébétée. Il m'apporta une écuelle de brouet dans laquelle flottait un morceau de lard, et un quignon de pain. Il s'assit sur le sol en face de moi pendant que je grignotais le pain. En levant la tête je vis avec surprise qu'il me souriait avec intérêt.

- Alors, raconte ! On dirait que tu as fait des progrès sur un cheval ?

Je lui souris à travers mes larmes.

- Je ne sais pas comment j'ai fait. Je l'ai fait, c'est tout. Mais je n'ai plus le droit de chevaucher.

Chapitre 18

Août 1426

Je sentais confusément que quelque chose changeait en moi. Mes voix continuaient à m'exhorter d'aller en France pour aider le roi, mais cela me semblait moins inatteignable qu'auparavant. L'exaspération de la population montant, on parlait de plus en plus de la prophétie de la pucelle qui sauverait le royaume, et je ne pouvais pas m'empêcher de trouver que je ressemblais de plus en plus à ce personnage.

Mon père m'avait trouvé un autre promis en la personne de Nicolas Thiry[28], le fils du charretier. Pour nous c'était presque une mésalliance, mais il n'avait pas été regardant, tant il avait hâte de se débarrasser de moi. Nicolas était bien plus âgé que moi sans être pour autant un homme mûr, mais il n'avait jamais partagé nos jeux et je le connaissais peu. C'était un gentil garçon plutôt timide qui travaillait avec son père à fabriquer et à réparer des charrettes et des tombereaux et les vendait jusqu'à Beaune pour transporter des barriques de vin. Je n'avais rien contre lui, mais je devais me tenir à la promesse de virginité que j'avais faite à mes Saintes, et il n'était pas question de fiançailles.

---

[28] *Personnage fictif. Il n'est fait nulle part mention du nom du fiancé de Jeanne, l'histoire a seulement retenu qu'un jeune homme avait revendiqué ce titre.*

Il vint un soir à la maison avec son père. Ils étaient assis d'un côté de la table, en face de mes parents et discutaient comme si je n'étais pas là des quelques bêtes, terres et parcelles de forêt dont ils pourraient exploiter le bois, que je recevrais en dot. Accroupie sur le bord de l'âtre éteint, je leur tournais le dos et je remuais les cendres avec une baguette sans desserrer les dents. Cette transaction de maquignons n'avait rien à voir avec le mariage de mon frère et celui de ma sœur.

Perdue dans mes pensées, je sursautai quand ils se levèrent en faisant racler le banc sur le carrelage.

- Jeanne, vient saluer ton fiancé, me dit mon père.

- Que je sache, je n'ai pas de fiancé.

Nicolas restait à l'abri derrière son père.

- Tu en auras bientôt un que tu le veuilles ou non. Hors de ma vue, fille ingrate !

Je ne me fis pas prier pour déguerpir, mais je l'entendis qui disait au père Thiry sur le pas de la porte :

- Elle est un peu sauvage, mais laissez-lui quelques mois pour se faire à l'idée et je vous garantis qu'au printemps prochain nous les aurons fiancés.

***

Je sortais peu, et seulement avec mes amies pour nos promenades habituelles, l'arbre aux fées, la fontaine aux groseilles, et bien sûr le pèlerinage du samedi à la chapelle de Bermont, mais n'avais plus aucun entrain. J'étais comme éteinte, vidée de toute énergie. Sans Catherine je me sentais terriblement seule et mes amies Hauviette et Mengette ne pouvaient pas comprendre mon tourment. Je n'avais plus envie de rire ni de chanter, et souvent lorsque nous étions ensemble et que les jeux devenaient bruyants, je m'éloignais pour prier, m'attirant quelques moqueries de mes camarades. J'étais fatiguée, chaque mouvement me coûtait et me semblait vain, le soir je m'endormais comme une masse et je me réveillais épuisée au matin.

Mon seul réconfort et ma seule lumière venaient de mes voix. La plupart du temps, Sainte Catherine et Sainte Marguerite m'adressaient des paroles de consolation et d'encouragements, et parfois Saint Michel se joignait à elles, paré d'or et de lumière, pour me rappeler que je ne devais pas oublier ma mission et m'y préparer. J'essayais de me comporter en bonne fille, je priai avec ardeur et je me confessais fréquemment, quand je n'aidais pas aux champs je cousais ou je filais, mais dans le secret de mon cœur je restais insoumise.

Dans la région, les raids des Bourguignons étaient moins nombreux, mais on voyait toujours des groupes de cavaliers passer au galop sur la grande route en soulevant de la poussière. C'étaient les troupes de Robert de Baudricourt qui à leur tour partaient mener des chevauchées sur la Bourgogne ou rapportaient leur butin qu'ils allaient vendre à Gondrecourt. Quand je voyais passer les chevaux, je m'imaginais qu'un jour prochain ce serait moi que les villageois regarderaient passer, vêtue en armure, pour aller sauver le royaume.

Notre petit groupe d'amis d'enfance commençait à s'effilocher au fur et à mesure que nous prenions de l'âge. Chacun avait ses préoccupations, les garçons travaillaient, les filles avec qui je passais maintenant mes après-midis à filer ou à coudre commençaient à se fiancer, et nous regardions avec un peu de nostalgie les petits s'égailler avec insouciance dans le village en jouant à la guerre sans en réaliser encore les horreurs, en se disant que nous étions comme eux il y a si peu de temps.

Mon amie Zabillet[29], un peu plus âgée que moi, venait de se fiancer avec le seul Bourguignon du village, Gérardin d'Epinal, beaucoup plus âgé qu'elle. Natif de cette ville, il était venu habiter à Domremy vers ses dix-huit ans et était laboureur. Ce sont les parents de Zabillet qui avaient conclu l'accord avec Gérardin, mais elle en était bienheureuse. Elle nous racontait qu'il était bon, qu'il lui offrait des présents et lui disait qu'il serait fier d'être son mari et de l'avoir à son bras le dimanche à la messe. Et aussi, en baissant la voix, qu'il espérait qu'elle lui donnerait des fils.

A chaque fois que l'une de nous parlait de son établissement prochain lorsque nous nous réunissions avec chacune notre ouvrage, je sentais les regards se tourner vers moi, quelques chuchotements parcourir l'assemblée dont je savais la teneur, et je baissais la tête sur ma quenouille. Et Jeannette ? C'est pour bientôt ?

---

[29] *Diminutif d'Isabelle. Elle témoignera elle-aussi au procès en réhabilitation le vendredi 29 janvier 1456, alors âgée 'd'environ cinquante ans et plus' selon sa déposition.*

Chapitre 19

1427

Le début de l'année vit une reprise des franches hostilités et du chaos. On entendait dire que le Dauphin, qu'on appelait aussi le roi de Bourges, était de plus en plus isolé, même au sein de son gouvernement, et que le royaume était près de sombrer. En plus de défendre contre les Anglais un pays qui n'allait qu'en rétrécissant, il devait aussi se méfier de son entourage. Mon père recommença à recevoir quelques villageois le soir pour en parler. Il ne voulait pas alarmer toute la population en faisant des réunions à la maison commune.

Le favori de Charles, Pierre II de Giac, un ex-Bourguignon rallié à sa cause, qui était présent au pont de Montereau lors de l'assassinat de Jean Sans peur, qui avait valu au Dauphin d'être déshérité de son trône par le traité de Troyes, fut arrêté et exécuté au motif qu'il puisait dans le trésor royal et qu'il encourageait le conseil à mener une guerre aussi ruineuse que désastreuse. Cet assassinat déguisé aurait été fomenté par la propre belle-mère de Charles, Yolande d'Aragon, le connétable de Richemont et La Trémoille, un mauvais homme préoccupé surtout par ses propres intérêts. Il se murmurait que Yolande aussi se servait dans les caisses du royaume et que Pierre de Giac avait dérangé ses néfastes habitudes.

Les hommes du village ne savaient plus que penser. Le roi était-il affaibli à ce point qu'on prenait des décisions dans son dos ? Etait-il mal entouré ? Le royaume était-il gouverné par de mauvais serviteurs qui le conduiraient à sa perte ?

Je me disais que ce pauvre Dauphin était comme moi, il ne pouvait compter sur grand monde dans sa propre famille. A l'issue de chacune de ces entrevues, mes voix revenaient m'inciter avec un peu plus d'insistance à aller le soutenir. On ne pouvait pas laisser le royaume en si grand péril et les Anglais faire de nous des serfs. ' Jeannette, tu dois aller en France, tu dois aller voir le roi', me disait Saint Michel tout en me conseillant de rester bonne et pieuse.

En mars, l'affaire des chevaux de Guyot Poingnant refit surface. Mon père fut envoyé à Vaucouleurs en tant que procureur du village, avec mon parrain Morel, pour plaider notre cause auprès de Baudricourt. L'hiver n'en finissait pas et il gelait à pierre fendre.

Il revint deux semaines plus tard. L'affaire n'avait pas été réglée, Guyot Poingnant n'ayant pas renouvelé le pouvoir des deux arbitres mandatés pour régler le différend, Wichart Martin, de Toul, et Joffroi, dit le Moine, de Verrières. Pendant son séjour à Vaucouleurs, mon père avait passé du temps avec mon frère Pierre mais aussi avec Robert de Baudricourt et le soir à la veillée il parla longuement de ces entretiens au cours desquels ils s'étaient rapprochés.

Non content de devoir faire face aux Anglo-Bourguignons, Baudricourt tentait de mettre sur pied des traités d'alliance entre les seigneurs locaux qui guerroyaient entre eux et René d'Anjou, le jeune duc de Bar[30] qui avait épousé Isabelle de Lorraine, afin de s'opposer à l'ennemi commun. Il en avait longuement parlé avec mon père et lui avait demandé conseil en tant que doyen et homme avisé. J'étais fière que mon père soit tenu en haute estime par un personnage aussi important.

A la fin de la soirée, les hommes se levèrent d'un air grave et partirent d'un pas lourd.

- Il serait temps que la pucelle qui doit sauver le royaume se fasse connaître, dit Thévenin Royer en s'en allant ce soir-là.

La nuit même, Saint Michel m'apparut dans une aura mordorée et me dit d'aller voir Baudricourt, qu'il me donnerait des gens pour aller voir le gentil Dauphin. Jusque-là, je ne voyais pas comment accomplir ma mission, mais si je devais aller voir le roi, je ne pouvais partir seule sur les routes, il me fallait de l'aide, et c'est auprès de Baudricourt, ce puissant nouvel ami de mon père, que je pourrais l'obtenir.

Le projet prenait forme, mais comment aller à Vaucouleurs ? Qui m'aurait donné un sauf conduit ? Et là non plus je ne pouvais me présenter seule ni faire le voyage sans escorte alors que les pillards rava-

---

[30] *Né en 1409, il avait alors 16 ans. Fils de Louis d'Anjou et de Yolande d'Aragon, belle-mère de Charles VII. Appelé encore René Ier d'Anjou, ou encore René Ier de Naples ou René de Sicile, dit le « Bon Roi René », seigneur puis comte de Guise (1417-1425), duc de Bar (1430-1480) de fait dès 1420, duc consort de Lorraine (1431-1453), duc d'Anjou (1434-1480), comte de Provence et de Forcalquier (1434-1480), comte de Piémont, comte de Barcelone, roi de Naples (1435-1442), roi titulaire de Jérusalem (1435-1480), roi titulaire de Sicile (1434-1480) et d'Aragon (1466-1480), marquis de Pont-à-Mousson (-1480)1, ainsi que pair de France et fondateur de l'ordre du Croissant.*

geaient les campagnes et que les seigneurs de la région qui soutenaient des partis opposés venaient guerroyer jusque sur les terres de Domremy.

Tout ce que j'avais retenu de ce que mon père avait raconté, c'est que tous ces petits seigneurs se battaient à tort et à travers, on assassinait aujourd'hui son allié d'hier, on pillait pour son propre intérêt en épuisant sans vergogne les maigres ressources d'un peuple déjà exsangue, et pendant ce temps les Anglais gagnaient du terrain. Seule une union solide pouvait venir à bout de l'envahisseur, et seul le roi légitime pouvait rassembler une armée capable de mener ce combat. Pour être un vrai roi le Dauphin devait être couronné à Reims. Et j'étais envoyée par Dieu pour lui délivrer ce message.

Comme pour me prouver la justesse de mon raisonnement, des voyageurs qui passaient sur la route traversant le village racontèrent que les Anglais étaient presque arrivés à la Loire et que plus près de nous, en suivant la Meuse, il ne restait que quelques places fortes, dont Vaucouleurs, qui leur résistaient encore. La forteresse de Montaymé, près de Vertus, était tombée début juin.

- Jeannette, tu dois aller en France, me répétait Sainte Catherine.

- Sois hardie, Dieu est avec toi, il veillera à ta sauvegarde, ajoutait Sainte Marguerite avec un sourire rassurant. C'est toi qu'il a choisie pour bouter les Anglais hors de France.

- Mais je ne connais rien à la guerre, et je ne saurais chevaucher à la tête d'une armée ! Je ne suis qu'une pauvre fille !

- Tu ne sais pas encore de quoi tu es capable, mais Dieu y veillera. Sois sans crainte et va !

Soit. J'irais puisque telle était la volonté de Dieu. Il fallait trouver le moyen, et il me fallait des appuis. Cette décision prise, je me sentis à nouveau pleine de vigueur et d'impatience. Je ne pouvais attendre aucune aide de ma mère qui serait tombée à la renverse si elle avait eu vent de mon projet, et mon père m'aurait sans doute enfermée pour m'empêcher de partir. Je profitai d'être aux champs avec mon frère Jean, hors de portée de voix de mon père qui travaillait sur une parcelle voisine avec d'autres laboureurs. Nous n'allions plus aux champs qu'en groupe et avec une charrette et des chevaux pour pouvoir nous enfuir en cas de danger.

Jean menait le bœuf et la charrue dans la terre bourbeuse, et je le suivais en semant l'orge à la volée, mes sabots s'alourdissaient à chaque pas, et plusieurs fois restèrent collés dans une motte dont je sortis mon pied nu. Bientôt j'eus de la boue jusqu'en haut des mollets. Un vent froid poussait de lourds nuages couleur de cendre dans le ciel bas au-dessus de nos têtes et les ombres commençaient à s'allonger. Je ne savais pas par où commencer mais je me lançai. Je parlai à son dos, c'était plus facile.

- Tu connais la prophétie qui dit qu'une pucelle venue du bois chenu sauverait le royaume de France ?

- Comme tout le monde, et il serait grand temps que cette pucelle se mette à l'ouvrage.

- Eh bien c'est moi.

- C'est toi quoi ?

- Cette pucelle, c'est moi. J'ai reçu un message de Dieu envoyé par Saint Michel, Sainte Marguerite et Sainte Catherine, que je dois aller porter au gentil Dauphin[31] car il est en grand péril. Je dois partir sans tarder et je ne sais comment faire.

Il arrêta le bœuf, fit volte-face et me fixa, les yeux écarquillés d'incrédulité.

- As-tu perdu l'esprit ma sœur ? Tu te vois mener la guerre ? Tu comptes que ces bêtes féroces que sont les soldats vont accepter de se laisser mener par une sauterelle comme toi ? Comment feras-tu ?

- Dieu y pourvoira. Il me fait dire d'aller d'abord à Vaucouleurs et de demander une escorte à Baudricourt pour aller voir le Dauphin. Je dois lui délivrer un message et aller le faire couronner à Reims pour qu'enfin notre vrai roi légitime reçoive l'aide de Dieu pour apporter la paix dans le royaume[32].

- Sais-tu comme le chemin est long pour aller jusqu'au roi ? C'est une chevauchée de deux semaines au moins par des chemins infestés de brigands, et les chevaux coursiers n'ont rien à voir avec le cheval de la ferme qui a le dos large et confortable ! Et tu crois qu'il te suffira d'arriver dans son château et qu'on te laissera lui parler ?

- Mes voix me disent que je saurai le faire. Dieu y veillera. Je n'ai pas d'autre destin que celui-là. J'ai

---

[31] *Pour Jeanne, le couronnement à Bourges de Charles VII ne compte pas et il sera le Dauphin jusqu'à son couronnement à Reims.*
[32] *Au début de sa mission et jusqu'à la bataille de Rouvray en février 1429, le message de Jeanne était que le roi devait négocier un traité de paix.*

fait vœu de virginité et je ne veux pas d'un fiancé. Je suis née pour sauver le royaume.

Jean hocha la tête comme s'il venait de recevoir un coup sur la nuque.

- Et tu veux que je t'aide ?

- Qui d'autre ?

Il se retourna, reprit les mancherons de la charrue et fit avancer le bœuf sans me regarder.

- Jean ! Tu dois m'aider ! Criai-je dans son dos.

- Arrête de divaguer et sème !

Je le suivis en sentant rouler des larmes de rage impuissante sur mes joues, la main dans ma besace, incapable de prendre une poignée de grain.

Mais arrivé au bout du sillon, il arrêta le bœuf et se retourna.

- Je te crois. Parce que tu es pieuse et que tu n'inventerais pas une histoire pareille. Je vois bien que tu n'es pas comme les autres. Cette pucelle dont parle la prophétie c'est peut-être toi. Mais je ne sais pas comment t'aider. Et si je te prête assistance, est ce que ce n'est pas t'envoyer à une mort certaine ? Comment pourrais-je te mettre en péril alors que mon devoir de frère est de veiller sur toi ?

- Alors viens avec moi, tu pourras ainsi assurer ma sauvegarde, lui répondis-je, pleine d'espoir.

- Mais Jeannette, on va rire de nous ! Et puis tu ne pourras pas partir en secret, le sais-tu ? Il faudra bien dire où tu vas, cela se saura. Laisse-moi y penser.

Il dut y réfléchir pendant plusieurs jours, et amener le sujet de la prophétie dans la conversation avec tant de gaucherie qu'une nuit, mon père rêva que je partais au milieu d'une compagnie de soldats.

Fort contrarié par ce songe qu'il pensait prémonitoire, mon père fit venir mon frère Jacquemin de Vouthon et mon frère Pierre de Vaucouleurs. J'étais contente de les voir et je ne me doutai de rien. Puis le soir, lorsque je fus endormie, il leur raconta sa vision, et tout en demandant à ma mère de me surveiller encore plus étroitement, il déclara à toute la famille que si l'un deux avait vent que je voulusse partir de cette manière, il fallait me noyer immédiatement. Sans quoi il le ferait lui-même pour ne pas avoir à endurer la honte de voir sa fille traîner comme une ribaude avec des soudards[33].

C'est ma mère qui me rapporta ses propos, autant parce qu'elle en était choquée que pour me faire peur et me dissuader. Je me mis à trembler comme un arbrisseau transpercé par le vent. Mon propre père envisageait de me supprimer à titre préventif pour sauver son honneur. Je ne me sentais plus en sécurité dans ma propre maison. Il fallait que je parte sans tarder. Mes voix me poussaient dans ce sens.

- Hâte-toi, fille de Dieu ! Sois bonne et brave.

Fin septembre, nous apprîmes encore par des voyageurs que Jean, Bâtard d'Orléans[34] et La Hire, qui plusieurs années auparavant avait dévasté le village, avaient libéré Montargis, et que le Mont Saint

---

[33] *Cette information est donnée par Jeanne elle-même dans sa déposition le 13 mars 1431 lors du procès de condamnation.* « Item, dit qu'elle a ouy dire a sa mere que son pere disoit a ses freres : "Se je cuidoye que la chose advint, que j'ay songé de elle, je vouldroye que la noyssiez ; et si vous ne le faisiez, je la noiroye moy mesme". Et a bien peu qu'ilz ne perdirent le sens, quand elle fut partye a aller a Vaucouleur. »

[34] *Dunois, qui sera deux ans plus tard le compagnon d'armes de Jeanne.*

Michel résistait toujours. Mais plus près de nous, les seigneurs bourguignons et lorrains avaient conclu des alliances, si bien que nous nous trouvions encerclés d'ennemis puissants qui se querellaient aussi entre eux. Les raids continuaient, et nos champs fraîchement semés furent piétinés par des escouades de cavaliers. Il n'y aurait pas de récolte au printemps.

L'hiver précoce et glacial ralentit mon élan. Il faisait si froid qu'on sortait peu, et ma mère ne me quittait pas des yeux. Nous passions de longues après-midi chez l'une ou l'autre de nos voisines qui allumaient tour à tour dans leur cheminée un bon feu dont nous profitions toutes, à filer et coudre, et les langues allaient bon train. Le Dauphin avait signé une trêve avec les Bourguignons, mais devant le danger anglais, il avait fui Bourges avec sa cour et s'était installé à Chinon. Il était en grand désarroi et songeait même, disait-on, à s'enfuir en Dauphiné ou en Espagne. Certains avançaient toujours à demi-mot qu'il n'était pas le vrai fils du feu roi, puisque son père était fou et vivait séparé de sa mère. Je n'osais réagir à ces propos qui me faisaient bondir, car je savais, moi, de par Dieu, qu'il était le vrai Dauphin.

Je me disais qu'il avait vraiment besoin du secours du Ciel sans tarder, car même les armées doutaient maintenant de pouvoir repousser l'envahisseur. Je peinais à cacher mon impatience sous un air résigné et placide.

Un soir que mon père était parti à la maison commune, Jean vint me voir dans ma chambre.

- Je sais qui peut t'aider : Durant Laxart, le mari de notre cousine. C'est un homme d'expérience. Lui, il pourrait t'emmener à Vaucouleurs et on l'écouterait. Parle-lui quand nous le verrons à la Noël.

Je n'avais plus que quelques semaines à patienter.

Chapitre 20

Hiver 1427-1428

Pour Noël nous nous rendîmes à Vouthon chez ma tante Aveline, la sœur de maman, malgré le gel et la neige. Nous étions tous serrés sur la charrette, emmitouflés. Mon père avait sanglé une couverture sur le dos du cheval dont les naseaux fumaient et qui avançait avec précaution sur le sol glissant. Une petite largeur de neige était dégagée sur la route, mais une épaisse couche blanche écrasait les reliefs alentour. Pendant le repas de fête qui nous permit de retrouver Jacquemin et sa famille en même temps que la sœur de maman, ma cousine et leurs maris, je parvins à accompagner Durant Laxart qui allait chercher des pains et je pus lui exposer brièvement ce qui m'obsédait. C'était un homme bon qui fut fortement ébranlé d'apprendre que mon père voulait me noyer, et les similitudes avec la prophétie le laissèrent pensif.

- Je ne veux pas affronter ton père, me dit-il. Mais je ne t'oublierai pas, et si tu te sens en danger, tu pourras toujours trouver refuge chez nous en attendant que je trouve comment t'aider.

Cet hiver-là fut sans doute le pire de tous[35]. La neige tombait sans discontinuer. Chaque jour il fal-

---

[35] *Source : clima.fr Moselle Alsace. La neige commença à tomber autour du 15 décembre 1427 de façon intermittente pendant 32 jours*

lait pelleter devant la porte pour pouvoir sortir de la maison, et déblayer un étroit chemin bordé de murs de neige presque aussi hauts que moi pour aller au puits, à l'écurie et accéder à la route. Mon père avait doublé le fourrage des bêtes, mais les vaches tremblaient sur leurs pattes et on redoutait de les trouver mortes de froid au matin. Des aiguilles de glace pendaient des arbres décharnés et des avant-toits. L'église était glaciale et je priai debout, de peur que mes genoux ne gèlent si je m'agenouillais.

Les bandes armées avaient cessé pour un temps leurs pillages car on ne pouvait guère circuler sur les routes, mais on ne pouvait pas non plus chasser ni pêcher et nous dûmes cet hiver-là vivre sur des maigres provisions que nous partageâmes avec les plus nécessiteux. On retrouva plusieurs vieillards raides gelés dans leur lit car ils étaient trop faibles pour aller chercher des bûches pour entretenir le feu, et plusieurs enfants succombèrent à des fièvres.

Le début du dégel annonciateur du retour à la vie fut accompagné d'une autre bonne nouvelle. Catherine était enceinte de son premier enfant ! Maman ne se tenait plus de joie. Mon frère Jacquemin avait déjà une fille, il habitait à Vouthon près de chez ses beaux-parents, et la mère Corviset s'occupait beaucoup de la petite. Mais être la mère de la future maman, c'était autre chose ! Maman allait se rapprocher de sa fille, veiller sur elle, la conseiller, et bien sûr elle ne laisserait à personne d'autre la précieuse mission de mettre l'enfant au monde.

---

d'affilée, et il y eut jusqu'à un mètre de neige au sol autour du 15 janvier 1428.

J'allais être tante une seconde fois, et pour moi aussi c'était différent. L'enfant de ma Catherine, la chair de sa chair, je me sentais déjà le devoir de veiller sur lui. Il risquait bien de ne pas dépasser sa première année dans ce monde hostile. S'il survivait il grandirait comme un serf des Anglais. Cet enfant était un signe envoyé par le Ciel. Pour lui je ne devais pas faillir. Ce jour-là je compris que je n'avais pas le choix.

***

Printemps 1428

Il fallait tout d'abord arriver jusqu'à Vaucouleurs.

Dès les premiers beaux jours de printemps, maman décida de passer plus de temps avec Catherine. Mon père ne voulait pas qu'elle me laissât sans surveillance, je proposai alors de demander à ma cousine Jeanne, l'épouse de Durant Laxart, si je pouvais passer quelques jours chez eux à Burey, ce qu'elle accepta avec un grand plaisir. C'était l'occasion que j'attendais. Mon père avait confiance en Durant Laxart et lui recommanda de ne pas me laisser vaquer seule quand il vint me chercher, ce qu'il promit. Je partis le cœur léger avec un maigre bagage.

Dans les jours qui suivirent, je racontai tout à mon oncle[36] depuis le début. Il en fut ému et sceptique d'abord, puis de plus en plus convaincu de ma bonne foi, car il me connaissait depuis longtemps et savait comme j'étais pieuse et sage. Je lui rappelai la prophétie et lui expliquai que ma mission était d'abord d'aller faire couronner le Dauphin à Reims.

Il trouva que c'était une réflexion bien sensée pour une personne de ma condition, que je n'avais certainement pu l'imaginer de moi-même, et finit par penser lui aussi que la prédiction était juste, car la première partie en était déjà réalisée puisque la reine Isabeau avait perdu la France au traité de Troyes. Il savait aussi que le Dauphin n'était pas en mesure de mener une guerre victorieuse, et il redoutait que dans de telles conditions, une contre-offensive mal réfléchie ne se termine en désastre irrémédiable.

De plus, si j'avais dit vrai, il n'aurait pas voulu que, par sa faute ou sa défaillance de foi l'on manquât l'occasion de sauver le royaume. Il résolut donc de m'emmener à Vaucouleurs voir Robert de Baudricourt, puisque justement il devait livrer du fourrage à la forteresse. Il ne me quitterait pas, donc il ne faillirait pas à la promesse faite à mon père. J'avais enfin pu me confier à quelqu'un qui ne m'avait pas regardée comme si j'avais perdu la raison et j'en fus grandement soulagée.

Pendant ces quelques jours, je passai mes journées avec ma cousine, à l'aider aux tâches de la

---

[36] *Comme expliqué précédemment, Durand Laxart était le mari de la cousine de Jeanne, mais elle l'appelait son oncle en raison de leur grande différence d'âge.*

maison, mais quand mon oncle sortait pour aller visiter des relations ou livrer du grain, j'allais avec lui. Nous visitâmes ainsi le jeune seigneur Geoffroy de Foug à Maxey[37], à qui mon oncle devait payer des redevances pour la location de terres.

La veille de notre départ, Saint Michel me visita pendant la nuit. Il apparut dans un scintillement semblable aux reflets du soleil sur une rivière. Il était entouré d'une nuée d'angelots et vêtu d'une armure d'or resplendissante. Il me dit qu'il était bon que je parte à Vaucouleurs, mais qu'il me faudrait y retourner. Je ne devais pas me décourager, car Baudricourt m'éconduirait deux fois avant de répondre à ma demande[38].

Nous nous mîmes en route en milieu de matinée la veille de l'ascension[39]. Burey était bien plus proche de Vaucouleurs que Domremy et nous n'avions qu'un peu plus d'une lieue à parcourir. Je m'y étais rendue quelques fois déjà avec mes parents mais je n'étais jamais entrée dans le château. J'étais heureuse et impatiente, c'était le premier pas vers l'accomplissement de mon destin, mais je ne savais pas encore comment j'allais présenter les choses à Baudricourt. Je laisserais mes voix me guider.

En vue des imposantes murailles flanquées de nombreuses tours en haut du coteau, j'étais moins

---

[37] *Geoffroy de Foug témoignera également au procès de réhabilitation de Jeanne.*

[38] *Déclaration de Jeanne à l'audience du 22 février 1431 du procès de condamnation.*

[39] *Selon le témoignage de Bertrand de Poulengy au procès de réhabilitation, date contestée par plusieurs historiens qui n'y voient qu'une erreur de transcription du greffier chargé des minutes du procès.*

sûre de moi. Cette ville était gigantesque[40] et aux abords de la porte surmontée d'une tour carrée sous laquelle il fallait passer pour entrer dans la ville, de nombreux chariots, tombereaux et chars à bras encombraient la route.

A l'intérieur de l'enceinte, adossés à la muraille, quelques étals colorés attiraient une petite foule bruyante de chalands. En approchant je vis qu'on y vendait des sabots, des bourses de cuir, des cages à poules, sans doute fabriqués pendant l'hiver par les paysans de la région.

Avec la charrette brinquebalante surchargée de fourrage retenu par une bâche, nous dûmes gravir les ruelles étroites jusqu'en haut de la ville avant de franchir un pont levis gardé par des soldats et montrer un sauf-conduit pour entrer dans l'enceinte du château. L'équipage passait tout juste en largeur. Dans la vaste cour de terre battue, des soldats allaient et venaient, menant des chevaux par la bride. Durand contourna le donjon puis dirigea la charrette vers une seconde cour sur le côté et l'arrêta devant un édifice d'un étage. Il donna des instructions pour le déchargement et pour qu'on prît soin de son cheval, puis, me poussant devant lui en me tenant par l'épaule, me fit retraverser en direction du logis. Nous dépassâmes le château, où résidait parfois le comte de Vaudémont, qui avait la jouissance de Vaucouleurs, pour pénétrer dans un bâtiment latéral

---

[40] *Au XVe siècle, l'ensemble de Vaucouleurs comprenant les fortifications, le château et l'enceinte de la cité, était plus vaste que la cité de Carcassonne.*

qui abritait les quartiers du capitaine de la forteresse et de sa garde rapprochée.

Nous entrâmes dans un vestibule carré sans aucun mobilier. Des odeurs de cuisine et des bruits de voix venaient du fond de l'édifice. Nous franchîmes une double porte sculptée comme une porte d'église, et nous nous retrouvâmes dans une grande salle un peu sombre haute de plafond, meublée d'une longue et épaisse table de bois flanquée de bancs. Au fond de la pièce, quelques hommes devisaient assis dans des chaires autour d'une cheminée monumentale au manteau sculpté comme je n'en avais jamais vu. Elle était presque haute comme une chapelle.

Je vis tout de suite que l'homme le plus important était celui au centre, qui semblait captiver l'attention des autres. Me libérant de la main de mon oncle qui pesait toujours sur mon épaule, je traversai la salle en courant et je tombai à genoux devant Robert de Baudricourt, qui, surpris, s'interrompit brutalement en baissant les yeux sur moi.

- Eh bien qu'avons-nous ici ? Qui es-tu jeune damoiselle ?

- Messire, répondis-je, des voix du Ciel me firent connaître que je devais venir vous dire de me faire conduire en France à Monseigneur le Dauphin pour lui délivrer un message, et que vous me donneriez une escorte.

Il pencha la tête de côté en haussant les sourcils sur ses yeux ronds d'étonnement, puis partit d'un gros rire sonore en se tenant le ventre. Ses compagnons se joignirent à lui, et j'en vis même un essuyer une larme en s'esclaffant derechef.

Puis il leva la tête et vit mon oncle.

- Eh bien Laxart, vous avez égayé notre journée ! Qui est donc cette audacieuse pucelle ?

Sans lui laisser le temps de répondre, j'ajoutai :

- N'avez-vous point entendu parler de la prophétie qui dit qu'une femme perdra le royaume et qu'une pucelle venue des marches de Lorraine le sauvera ?

- Et qui est ton seigneur ? demanda Baudricourt.

- C'est le roi du Ciel, Messire.

Il se tourna vers celui qui avait essuyé une larme.

- Qu'en pensez-vous, Poulengy[41] ?

- Je connais cette prophétie, mais cette jeune pucelle est bien pâle et n'a pas l'air assez vaillante pour faire un chef de guerre.

Je me redressai et levai la tête pour regarder Baudricourt dans les yeux.

- vous devez me croire car telle est la volonté de notre Seigneur, et je peux vous dire qu'un jour vous verrez que je dis vrai.

Baudricourt fit un geste de la main comme pour chasser une mouche et dit à mon oncle :

- Laxart, je ne sais pas d'où vous sortez cette jeune personne, mais elle déraisonne. Elle serait tout juste bonne à divertir mes soldats qui manquent de donzelles. Ramenez-la à son père avec une bonne paire de gifles et ne nous importunez plus[42].

Les hommes qui venaient de se moquer de moi me regardèrent d'un œil égrillard comme pour me

---

[41] *Bertrand de Poulengy sera par la suite un compagnon d'armes de Jeanne.*

[42] *Propos rapportés dans la déposition de Durand Laxart le 31 janvier 1456 au procès de réhabilitation.*

jauger, mais bien que cette réflexion me glaçât le sang, je soutins leur regard comme si je voyais au fond de leur tête, et leur sourire s'évanouit.

Droite comme un cierge, je tournai les talons et m'en fus, escortée de mon oncle.

Chapitre 21

Nous quittâmes la salle et reprîmes la charrette vide. Je voyais bien que mon oncle était attristé. Quand nous eûmes quitté la ville et rejoint le calme de la route de Burey, il me demanda si je n'étais pas trop déçue, et me dit qu'il s'était un peu douté de la réaction de Baudricourt.

- Je ne suis pas triste, mon oncle, car mes voix m'ont dit que par deux fois il me renverrait mais que la troisième il me donnerait une escorte.

- Ce n'est pas impossible, répondit mon oncle, car il se dit que depuis le début de l'année dans les diocèses de Troyes et de Langres, un nouvel impôt est apparu pour financer une armée qui réduira les dernières places fortes de la région encore fidèles au royaume de France, et Vaucouleurs en fait partie. Pour l'instant Baudricourt ne croit pas que sa forteresse soit menacée car il a des appuis, mais je pense qu'il se trompe.

Mes certitudes furent ébranlées à l'idée que Vaucouleurs, la plus imposante citadelle que j'aie jamais vue, et Baudricourt, le personnage le plus important que j'aie jamais rencontré, soient en danger. Si Vaucouleurs tombait, à qui irais-je demander de l'aide ?

Le lendemain matin mon oncle devait me ramener chez mes parents. Il fut convenu que nous garderions le secret sur notre voyage à Vaucouleurs, et puisque mon nom n'avait pas été prononcé en présence de Robert de Baudricourt, il était peu probable que mon père l'apprît de sitôt.

Je repris mes tâches habituelles à la maison et aux champs. L'été arrivait, il y avait beaucoup à faire. Mes voix ne me laissaient pas de répit. Parfois c'était comme si une lumière s'allumait pendant mon sommeil et que je me trouvais au beau milieu d'une conversation animée où plusieurs personnes s'adressaient à moi en même temps. Je ne comprenais pas clairement tout ce qu'on me disait, mais en ajoutant les fragments aux fragments je pouvais reconstituer le message. Je ne pouvais pas non plus leur dire de parler chacune leur tour car c'est comme si entre elles et moi il y avait eu un mur transparent. Une fois qu'elles étaient parties, j'avais l'impression de m'éveiller et je mettais un moment avant de reprendre mes esprits. Le message était toujours le même avec quelques variantes : 'Fille de Dieu, va en France promptement, car bientôt il sera trop tard'. Je me dis qu'en effet, je me sentais maintenant plus fille de Dieu que fille d'un père qui voulait me noyer.

Je devais à nouveau trouver un moyen d'aller à Vaucouleurs. On était presque à la Saint Jean, l'année allait basculer vers sa seconde moitié. La nouvelle de ma visite à Baudricourt était parvenue jusqu'à Domremy quelque peu déformée, sans que personne encore ne sache qu'il s'agissait de moi.

- On dit que la fameuse pucelle qui doit sauver le royaume est allée voir Baudricourt pour lui demander de lever une armée et qu'il l'a chassée !

Les avis étaient partagés. Certains le traitaient d'âne parce que, tout de même, éconduire une prophétesse envoyée par Dieu c'était sans nul doute s'attirer les foudres du ciel, et d'autres disaient que des prophétesses, il y en avait à foison et qu'une gamine maigrichonne avait seulement trouvé là un moyen de s'attirer quelques bénéfices. Personne ne chercha à savoir qui était cette prophétesse. Mon père fut même un peu soulagé, je l'entendis un soir qui disait à Thiercelin qu'il avait cru à un moment que je me prenais pour cette pucelle, mais que si elle était apparue enfin, ça allait sans doute calmer mes délires. Je tremblais que quelqu'un m'ait reconnue, mais ce ne fut pas le cas.

La veille de la Saint Jean, j'étais en train de décorer l'église pour la procession du lendemain avec Hauviette, Mengette, Zabillet et son fiancé, Gérardin d'Epinal, et celui-ci nous parla de la prophétie qu'il avait entendue, en nous disant qu'il la croyait vraie, puisque cette pucelle s'était enfin fait connaître.

- Compère, lui répondis-je si vous n'étiez Bourguignon, je vous dirais bien quelque chose[43].

Tout à sa joie d'être aux côtés de Zabillet qu'il dévorait des yeux, il me répondit que cela ferait le bonheur de mes parents et de mes amis. Il avait cru que je voulais lui dire que j'allais me fiancer.

Une autre nouvelle se répandit beaucoup plus vite que ma visite à Baudricourt : le 22 juin, Antoine de Vergy, gouverneur général des comtés de Blois et de Brie fut chargé par le régent anglais, le duc de Bedford, d'annexer la forteresse de Vaucouleurs. Le duc de Bedford avait déjà donné à son frère, Jean de

---

[43] *Déposition de Gérardin d'Epinal le 31 janvier 1356 au procès de réhabilitation.*

Vergy, les terres qu'il avait confisquées à Robert de Baudricourt pour punir ce dernier de sa fidélité à l'héritier légitime du trône, mais cela avait été sans effet et il avait continué à résister.

Depuis plusieurs années, Baudricourt et les Vergy se menaient donc une guerre sans merci dans laquelle les intérêts personnels se mêlaient aux enjeux politiques. Mais cette fois, Vergy avançait avec un corps d'armée de mille hommes[44], alors que Baudricourt procédait avec des expédients variés depuis des années.

Cette annonce nous glaça le sang. Fort de moyens militaires qu'il n'avait encore jamais eus, Vergy allait s'en donner à cœur joie pour anéantir son ennemi juré et dévaster la région. Ce qui ne se fit pas attendre. Ses troupes commencèrent à mettre à sac tous les villages de la châtellenie de Vaucouleurs pour inciter Baudricourt à la reddition. A nouveau nous voyions des fumées s'élever alentours et des réfugiés jetés en masse sur les routes. De quel côté pouvions-nous fuir ?

Après une brève réunion convoquée par mon père à la maison commune, il fut décidé de partir sur le champ vers le sud à Neufchâteau, là où nous allions au marché. Neufchâteau se trouvait en Lorraine, hors de la châtellenie de Vaucouleurs, et même si le duc de Lorraine avait fait allégeance au roi d'Angleterre, les habitants de cette ville étaient français de cœur. De plus, les Anglo-Bourguignons

---

[44] *Cette armée, placée sous les ordres d'Antoine et de Jean de Vergy, était composée de 4 chevaliers bannerets, 14 chevaliers bacheliers, 383 hommes d'armes et 395 archers. Source Siméon Luce – Jeanne d'Arc à Domremy.*

n'allaient pas ruiner une terre alliée, et nous y se-
rions provisoirement en sécurité.

Nous avons commencé à rassembler nos affaires
comme quand nous allions au château de l'Isle, mais
avec encore plus de hâte, de fébrilité et d'angoisse.
Nous partions plus loin, pour plus longtemps sans
doute, nous n'avions qu'une charrette. Maman
s'interrompit dans la cuisine en regardant pensive-
ment deux pots qu'elle tenait chacun dans une main.
Elle n'aurait pas la place pour emporter les deux,
lequel choisir ? Jean, descendu en trombe de l'étage
avec un matelas, la bouscula et les deux pots se bri-
sèrent sur le carrelage. Elle se laissa tomber sur le
banc et se mit à pleurer. Je venais d'emballer
quelques vêtements dans un drap dont j'avais noué
les coins pour faire un baluchon. Je le lâchai et vint
m'asseoir à côté d'elle pour la consoler.

- Presse-toi, tu pleureras tout ton saoul quand
nous serons en sécurité, la houspilla mon père. Jean
et Jeannette, filez rassembler les moutons et rame-
nez-les ici.

Il venait de remonter de la fosse avec le crucifix
d'argent et il avait de la paille plein les cheveux.
Nous nous mîmes en route sur le champ. Nous
n'étions pas les seuls à nous diriger vers la pâture, la
moitié des enfants du village se hâtaient sur le chemin, et nous croisâmes l'autre moitié qui courait en
sens inverse derrière des moutons affolés et bêlants.

Le village fut bientôt encombré de charrettes
bondées et d'animaux effrayés. Mon père avait chargé le coffre de mariage de maman en bois sculpté où
elle rangeait son trousseau, des matelas, du linge,
quelques vêtements et ustensiles, et un autre coffre

plus petit avec une grosse serrure ouvragée, où il rangeait sans doute des documents, ainsi que la chaire qui lui venait de son père, le tout empilé comme faire se peut et sanglé avec des cordes. Il avait attelé le bœuf à la charrette et attaché les deux vaches à l'arrière. Maman et moi montions chacune un cheval, et Jean fermait la marche en poussant les moutons devant lui. Nous avions comme par le passé libéré les poules, et les cochons qui s'étaient immédiatement dirigés vers le bois en petite troupe avec ceux des voisins, comprenant sans doute à la fébrilité ambiante que c'était le moment de se mettre à l'abri.

A la mi-journée nous étions en route, tous les habitants de Domremy et de Greux en un long convoi désordonné.

Les mines défaites des hommes et les yeux hagards des femmes disaient que nous n'étions pas sûrs de retrouver notre village au retour. Nous nous relayâmes sur le chemin, à un moment je chevauchais à côté de maman qui menait la charrette.

A voir cette foule qui cheminait tête baissée, je pensais à l'exode des Juifs dans le désert sous la conduite de Moïse, que me racontait maman quand elle m'expliquait les Saintes Ecritures. Depuis des années de raids et de pillages nous avions survécu tant bien que mal, mais cette fois tout l'avoir de notre famille tenait dans une charrette. Qu'allait-il advenir de nous ?

- Où allons-nous dormir, maman ? Nous ne connaissons que peu de monde à Neufchâteau, qui pourrait nous loger ?

- Nous chercherons une auberge, ma Jeannette, ton père avait un peu d'argent de côté en cas de malheur, c'est maintenant qu'il va servir.

Bientôt nous fûmes en vue des murailles de Neufchâteau. Après avoir attendu un long moment pour traverser l'étroit pont bloqué par l'affluence, mon père se présenta à la porte de la ville en tant que doyen du village et parla aux gens d'armes. Ils avaient déjà reçu des ordres pour nous laisser entrer, mais nous devrions laisser les animaux dans une pâture hors les murs. Nous n'avions guère le choix. Nous attendîmes en veillant sur la charrette en plein soleil que mon père revienne, puis nous pénétrâmes dans la ville. Nous avions seulement gardé le bœuf et les chevaux avec nous. Les gens nous regardaient passer en silence, hochant la tête tristement.

- La plupart des auberges sont complètes, mais on m'a dit qu'on pouvait aller demander à La Rousse, elle a peut-être encore de la place.

Dans une ruelle étroite en haut de la ville qui donnait sur la place de l'église Saint Nicolas, nous trouvâmes la petite auberge de la Rousse[45], femme de Jean Waldaires. Elle possédait aussi une maison attenante et louait des chambres où s'entassaient à cette époque des soldats, des moines, des marchands et à ce qu'il se disait, quelques femmes de mauvaise vie. Mon père y trouva une chambre pour nous quatre avec deux lits et un asile dans l'écurie pour

---

[45] *Témoignages d'Etienne de Syonne, curé de l'église paroissiale de Rouceux près de Neufchâteau et doyen de chrétienté, prêtre audit Neufchâteau, âgé de cinquante-quatre ans environ, sixième témoin entendu le jeudi 29 janvier 1456, de Gérard Guillemette et Jean Colin, laboureurs à Greux, interrogés le vendredi 30 janvier 1456.*

nos chevaux et notre bœuf. Jean dormirait sur le sol sur l'un des matelas que nous avions emportés. Le prix était modique et elle pouvait nous assurer une soupe au pain le matin et un repas le soir. Nous déchargeâmes quelques vêtements. Maman était contrariée que nous dussions laisser le reste dans la grange, mais nous n'avions pas le choix.

Dès le lendemain, je me mis en quête de mes amies sans les trouver, mais je découvris un couvent un peu en contrebas à l'extérieur des remparts et j'allai y faire mes dévotions. Nos bêtes paissaient juste à côté et c'est là que le lendemain je retrouvai quelques-uns de mes amis du village.

Mon père était absent la plupart du temps, il allait aux nouvelles avec d'autres hommes réfugiés et cherchait à savoir ce qu'il était advenu de Domremy et Greux. Ma mère s'occupait un peu aux tâches ménagères de l'auberge avec la Rousse qui avait fort à faire tant son établissement était bondé, mais parfois elle passait de longues heures assise devant la fenêtre à regarder dans le vague.

J'aidais aussi aux besognes de la maisonnée, mais les après-midis, sans rien à coudre ni à filer, et par un beau soleil d'été, je prenais le cheval et je rejoignais les autres sur le pré. Nous emmenions les bêtes dans une pâture différente quand elles avaient mangé toute l'herbe d'un endroit. Je m'entraînais à la quintaine et à la joute avec les garçons sans que personne n'y trouvât à redire, tant les préoccupations quotidiennes étaient d'une autre importance. C'était un temps étrange. Nous venions d'échapper au plus grand des périls, nous ne retrouverions peut être pas notre maison, et je me sentais libre comme jamais. Je m'en donnais à cœur joie à cheval.

Le quatrième jour, un chevaucheur se présenta de bon matin à l'auberge. Il me cherchait depuis une semaine et il avait fait le tour de la ville. Il me lut une assignation à comparaitre devant l'official[46] de Toul. Nicolas Thiry me traînait en justice pour rupture de promesse de fiançailles. Aux premières minutes d'effroi, car une pauvre fille comme moi ne connaissait rien à la justice, succéda un violent sentiment d'indignation. Je me ruai dans la chambre et portai le papier à ma mère, qui savait lire. Elle me regarda en hochant la tête comme si je l'avais bien mérité.

- Le mieux pour tout le monde, ce serait que tu épouses ce garçon, et il n'y aurait pas de procès.

- Mais il n'en est pas question, je ne lui ai jamais fait de promesse, tout le monde le sait.

- Ton père l'a faite pour toi et l'affaire a été entendue.

J'avais presque oublié qu'il me fallait me battre aussi contre ma propre famille.

- D'après ce que j'ai compris, l'assignation date d'avant notre fuite de Domremy. Il espérait encore recevoir des terres, bois et bêtes. Mais peut être à cette heure ne possédons-nous plus grand chose, voudra-t-il alors encore m'épouser ?

- Je ne sais, mais tu devras aller à Toul avec ton père et il dira qu'il y a bien eu promesse de mariage.

Je ne savais que faire et j'appelai de tout mon cœur mes voix pour me conseiller. L'après-midi, je

---

[46] *Juge ecclésiastique*

chevauchai seule le long de la Meuse. Je m'arrêtai à l'orée d'un bois pour faire reposer le cheval, et je m'assis contre un arbre. Le soleil jouait dans le feuillage, et bientôt Sainte Marguerite m'apparut. Elle me dit de partir sans crainte à Toul, et de me défendre moi-même.

Le soir, je demandai à mon père de me laisser partir seule avec mon frère pour régler cette affaire. Il avait tant d'autres tourments qu'il ne se mit même pas en colère.

- Soit, dit-il, nous irons demain chez le bailli et je te ferai émanciper. Tu n'as qu'à te débrouiller toute seule pour te sortir de ce mauvais pas. Je ne t'aiderai pas. Tu vois où te conduit ton entêtement ?

Je me mis en route pour Toul, siège de l'évêché dont dépendait Domremy, dès que je fus en possession du document. N'eût été la perspective du procès, j'étais heureuse de chevaucher avec mon frère sur les routes.

L'official Henri de Ville me questionna, je dis sans peur et honnêtement comment les choses s'étaient passées, et aussi que j'avais fait vœu de virginité et que je ne voulais pas me marier. Il m'écouta avec bienveillance et me dit qu'une enquête serait menée et que je recevrais une autre convocation pour le procès.

C'était le soir et nous voulions rentrer à Neufchâteau, mais on n'y voyait goutte et les routes, déjà peu sûres la journée, abondaient de brigands à la nuit tombée. Nous dûmes quémander un peu de pain et un peu de paille pour dormir dans une ferme. Cette nuit-là nous avons beaucoup parlé et peu dormi. Mon frère me dit qu'il ne me reconnaissait plus tant j'étais devenue forte, et qu'il était prêt à me suivre si j'allais en France.

- Je suis forte car je suis envoyée par le roi du Ciel, et les anges sont avec moi.

Et je m'endormis pour la première fois depuis longtemps, sereine et sûre de moi.

Chapitre 22

Août 1428

Après deux semaines passées chez la Rousse à Neufchâteau, nous apprîmes que Vaucouleurs s'était rendue. Le seigneur de Vaudémont, pour épargner les populations, avait signé un traité de reddition avec l'ennemi dont on ne connaissait pas la teneur, mais il s'était sans doute engagé à livrer la place dans un certain délai, et entre temps à ne pas contre-carrer la progression des Anglais[47]. La forteresse était sauve, mais Baudricourt était maintenant pieds et poings liés.

Les réfugiés commencèrent à plier bagage et à rentrer chez eux. Nous reprîmes la route le cœur serré en nous demandant ce que nous allions trouver à Domremy. Tous les villages de la châtellenie sem-blaient avoir été dévastés. Dès l'entrée du village, nous entendîmes les cris d'horreur des habitants qui découvraient un peu plus loin l'état de leurs maisons. Mis en rage de n'avoir pas trouvé d'habitants à ran-çonner, les pillards avaient détruit tout ce qu'ils pouvaient. Des poules erraient dans la rue jonchée de

---

[47] *Ce genre de traités était courant à cette époque. On pouvait conve-nir que telle place forte serait remise aux attaquants dans un délai qui pouvait aller jusqu'à six mois, si toutefois elle n'avait pas été secourue avant. Dès la signature de cet accord, il semble que des tractations aient été menées activement par René d'Anjou, duc de Bar, car il entretint une correspondance fournie avec Robert de Baudricourt, et la place de Vaucouleurs ne fut jamais rendue.*

débris. Notre maison n'avait pas brûlé, mais les fenêtres et les portes étaient brisées, et à l'intérieur, tout ce qui n'avait pas été volé avait été saccagé. La table était renversée, un pied cassé, qui avait servi de torche pour allumer un incendie qui n'avait pas pris, un pan de mur était noirci mais par miracle le feu s'était éteint de lui-même avant d'avoir atteint les poutres du plafond. Les bancs avaient été fracassés sur la cheminée qui en avait perdu un éclat de pierre. Le lit clos de mes parents avait été réduit en miettes à la hache et le mien était défoncé. Le jardin était piétiné, la soue à moitié démolie. Tout était cassé dans le cellier, les provisions répandues, déjà à moitié dévorées par des animaux errants et par les rats dont le sol était déjà couvert de crottes.

Maman était saisie de stupeur, trop choquée pour pleurer. Par réflexe, elle attrapa un balai posé dans un coin et commença vainement à nettoyer. Jean nous appela au dehors.

- Venez-voir, l'église a brûlé !

Maman lâcha son balai et nous nous précipitâmes. Le côté de l'église qui donnait sur notre maison était intact, mais le toit s'était effondré à l'intérieur et de l'autre côté on voyait de larges traînées noires laissées par les flammes sorties des fenêtres. Les murs de pierre avaient résisté, mais l'édifice avait souffert.

Certaines familles avaient eu encore moins de chance que nous, et de leur maison il ne restait que des cendres. On trouva une grange miraculeusement épargnée, et mon père porta deux des matelas que nous avions emportés à Neufchâteau pour ceux qui avaient tout perdu. Pendant des jours je me couchai avec ma mère sur le seul matelas restant tandis que mon père et Jean dormaient sur un tas de paille répandu sur le sol.

Deux poules rentrèrent toutes seules, les autres avaient disparu, et il fallut aller chercher les cochons dans les bois. On en retrouva très peu, ils avaient sûrement été pris par les pillards. Les nôtres faisaient partie des manquants.

La maison des Colin avait souffert aussi, mais par bonheur Catherine et Jean Colin avaient trouvé refuge chez un oncle dans un village avoisinant, et la grossesse de ma sœur se poursuivait normalement.

Il fallait tout reconstruire et tout recommencer. Depuis quelques années, mon monde s'effritait, mes certitudes étaient anéanties une à une, j'avais perdu mon innocence et ma confiance, je doutais de ma propre famille, et maintenant je n'avais plus de maison. Ma seule lumière me venait de Dieu et de mes voix. Elles avaient raison. Au fil des épreuves, j'étais devenue une autre, je ne me sentais plus la fille de ce père qui me désavouait et je ne me sentais plus l'obligation de lui obéir en tout. C'est à Dieu que je devais obéir. Je n'avais plus rien à faire ici, ma vie était ailleurs.

Cependant, dans l'immédiat, je devais aider mes parents. Nous commençâmes par vider la maison de tous les vestiges, puis maman et moi nous nettoyâmes pendant que mon père et Jean réparaient les meubles qui pouvaient l'être. Les lits n'étaient pas récupérables et la trace noire sur le mur de la salle allait rester pendant longtemps.

Nous eûmes la bonne surprise de voir arriver Pierre, qui avait pu se libérer quelques jours, maintenant que Vaucouleurs n'était plus assiégée. Deux bras supplémentaires étaient bienvenus. Puis un tombereau plein de marchandises et de denrées données par les braves gens de Neufchâteau arriva bientôt.

Il ne restait pas grand-chose à moissonner dans les champs et mon père s'inquiétait de ce qui nous nourrirait pendant l'hiver. Par contre, les vignes n'avaient pas été touchées, sans doute car il est difficile de chevaucher entre les rangs, on pourrait au moins vendanger et vendre le vin. Les plantes meurtries du jardin avaient repris leurs droits et nous aurions aussi quelques légumes d'hiver.

Quand les feuillages commencèrent à roussir et que les nuits devinrent plus fraîches, la porte ainsi que les fenêtres étaient réparées, la maison avait tant bien que mal repris forme. La soue avait été arrangée avec des planches et mon père avait racheté un petit porcelet. Je venais souvent le voir tant cela me fendait le cœur de l'entendre pleurer d'ennui toute la journée. J'allais à la messe à l'église de Greux en attendant que la nôtre soit réparée, mais chacun s'occupait d'abord de son logis, cela prendrait du temps. Mes voix m'incitaient toujours à partir en France, mais m'apparaissaient moins souvent. J'étais si fatiguée à travailler à la maison et au jardin que je sombrais chaque soir dans un sommeil sans fond.

C'est à cette époque qu'un chevaucheur m'apporta une nouvelle convocation de l'official de Toul. Quand je demandai à mon père de faire étape à Burey chez Durant Laxart, il me répondit par une indifférence bougonne que c'était le mieux, il avait besoin de Jean pour la vendange et il ne pourrait pas m'accompagner cette fois, et je connaissais déjà le chemin.

Il semblait éteint depuis notre retour, affecté par la perte de ce qu'il avait patiemment construit. Même s'il lui restait les terres et que la maison avait été réparée, les dommages en bêtes et en récoltes avaient été importants et ne le dispensaient en rien de payer les impôts et les redevances. Il ne savait pas comment nous allions passer l'hiver.

- C'est la fin du royaume, dit-il un soir à Estellin d'une voix pâteuse, après une troisième chope de vin. Le roi de Bourges n'a que faire de nous, il est lui-même si affaibli que plus personne ne croit en lui.

Cette nuit-là, mes voix revinrent à la charge en me demandant de retourner voir Baudricourt. Je devais sans faute aller voir le roi pour lui dire de ne pas engager de bataille décisive avant d'avoir été couronné à Reims.

Dès le lendemain je galopai jusqu'à Burey pour demander à mon oncle s'il pouvait m'accueillir pendant quelques jours et m'accompagner au procès, ce à quoi il acquiesça avec joie. Je revins avec quelques affaires. Il m'offrit le gîte à Toul dans une auberge près de la cathédrale, à côté du bâtiment où je devais comparaître. Ma cousine n'avait pu faire le déplacement, elle était restée avec son tout petit garçon. Malencontreusement, mon prétendu fiancé se trouvait lui aussi dans cette auberge, je restai donc cloitrée dans ma chambre jusqu'à l'heure de me rendre au tribunal pour ne pas le croiser.

Durant m'accompagna jusqu'à la vaste salle voûtée, sombre et froide, gardée par des gens d'armes. J'entrai avec Nicolas qui n'osait pas me regarder en face. Le doyen de Saint Gengoult, Frédéric de Maldemaire, un presque vieillard sec à l'air revêche, vêtu d'un long manteau brun et d'un bonnet de feutre qui lui tombait sur les yeux, était assis droit et raide derrière une épaisse table de chêne sculptée, entouré de deux huissiers penchés sur leur écritoire. Il nous fit jurer sur la bible de dire la vérité, et nous interrogea. Je dis la même chose que la première fois. Je n'avais fait aucune promesse de fiançailles. Nicolas dit le contraire. Le doyen nous fit lecture de plusieurs documents posés sur la table devant lui. J'appris ainsi que mon père avait confirmé que la promesse avait bien eu lieu. Nicolas m'adressa un méchant sourire en biais. Mais le document suivant disait qu'après enquête il n'y avait aucun autre témoin de cette supposée promesse alors que la loi en exige deux, et que personne dans le village n'avait attesté que nous étions fiancés. Quelques-uns avaient même dit qu'ils ne m'avaient jamais vue proche d'un garçon.

Voyant qu'il avait perdu la partie, Nicolas demanda la parole et dit qu'il renonçait à ses vœux de fiançailles, qu'il ne me voulait plus car j'avais fréquenté des femmes de mauvaise vie dans une auberge à Neufchâteau où je m'étais mal conduite pendant notre fuite Le doyen, heureux d'en terminer, ne chercha pas plus loin. Il déclara que j'étais dorénavant libre de tout engagement, mais infligea une amende à Nicolas pour avoir fait une fausse déclaration[48]. En sortant, j'allai prier à la cathédrale. Saint Michel m'apparut dans la lumière des vitraux et me sourit.

Je me sentais légère et à nouveau pleine d'assurance en rentrant à Burey, et nous passâmes une joyeuse soirée. Ma cousine Jeanne me demanda de rester encore quelques jours pour l'aider. Je retournai voir le jeune seigneur de Foug avec mon oncle, et lui parlai de mon projet d'aller en France.

- Cela me semble bien dangereux pour une jeune damoiselle comme vous, me répondit-il, mais il est grand temps que quelqu'un le fasse avant que le royaume tout entier ne tombe aux mains des Anglais.

Sur le chemin du retour, je réussis à convaincre mon oncle de m'accompagner à nouveau à Vaucouleurs. Il pensait lui aussi que c'était le bon moment, car après la reddition, une résistance souterraine commençait à s'organiser. Baudricourt n'était pas prêt à se laisser diriger par l'Anglais.

En fin d'après-midi, la nuit était déjà tombée et je préparais le repas avec ma cousine lorsqu'un bruit de cavalcade nous fit sursauter. Nous sortîmes sur le seuil. Jean descendit de cheval, le visage baigné de larmes.

- Catherine est morte en couches, tu dois rentrer avec moi.

---

[48] *Une plaque est apposée sur un des murs de l'officialité de Toul, le bâtiment où a eu lieu le procès et qui est aujourd'hui l'office de tourisme de la ville : « en l'an 1428, Jeanne d'Arc, diocésaine de Toul, comparut ici devant l'officialité de l'évêque Henri de Ville présidée par Frédéric de Maldemaire, doyen de Saint Gengoult, dans un procès matrimonial que lui fit un jeune homme de Domremy. Ses juges l'ayant déclarée libre de tout lien, elle put de ce jour entreprendre sa merveilleuse chevauchée et sauver la France. »*

Chapitre 23

Dans un état second, je ne sentis rien du froid piquant de l'automne en rentrant au galop en croupe, accrochée à Jean. Nous trouvâmes mon père prostré dans sa chaire. Maman était partie à Greux auprès de Catherine. Colin était venu la chercher la veille au soir. Catherine, qui n'était pas encore tout à fait à son terme, avait mal au ventre et était brûlante de fièvre. Maman avait décidé de passer la nuit à son chevet. Puis les choses avaient mal tourné, Catherine avait commencé à saigner et à crier. Elle était morte en mettant au monde un enfant qui n'avait pas vécu.

Je voulus aller voir ma sœur adorée. Elle reposait, maintenant sereine, sur un matelas posé au sol, car les lits avaient été fracassés aussi à Greux, à côté d'un berceau vide. Un tout petit corps enveloppé dans des langes était serré contre elle. Assise à côté d'elle sur un coussin, maman lui passait la main sur le front. Elle me regarda sans me voir. Elle avait des cercles sombres autour des yeux. Je m'agenouillai et pleurai toutes les larmes de mon corps, la tête sur le sein de Catherine. Je sentais encore son odeur, mêlée à celle du sang. Mon adorée. Ma pareille. Comme le monde était soudain vide sans elle.

- l'enfant n'a pas vécu, dit maman. Nous n'avons pas pu le baptiser.

Après une messe, nous les portâmes en terre au cimetière de Greux par un jour sombre et venteux.

Les feuilles mortes tourbillonnaient dans les rafales qui soulevaient les manteaux. Maman ne cessa pas de sangloter, le menton dans la poitrine, pendant que mon père serrait les mâchoires et les poings, blanc comme de la pierre de craie. Colin pétrissait son bonnet, les yeux gonflés de larmes, hagard. Hier encore il préparait la venue de son enfant dans un foyer aimant, et aujourd'hui il n'avait plus personne à prendre dans ses bras.

De ce jour, mon père ne fut plus que l'ombre de lui-même. Les travaux de réparation n'avançaient plus. On eût dit que chaque pas lui coûtait. Quand ses yeux se posaient sur moi, j'y voyais un regard courroucé, comme si j'étais coupable d'être encore en vie, comme si c'était moi qui aurais dû mourir.

- Nous avions une si bonne fille, l'entendis-je dire un soir. Maintenant ce n'est pas l'autre qui nous fera des petits.

Maman n'était pas beaucoup plus vaillante. Tant de joie anticipée avait fait place à tant de peine.

Les enfants étaient parfois difficiles à venir, il se passait rarement une année sans qu'une femme ne mourût en couches, mais pas ma Catherine, pas elle ! J'étais fâchée que mes voix ne m'aient pas avertie, ou au moins envoyé un signe qui m'aurait permis de la voir une dernière fois faute de pouvoir la sauver. Dorénavant tout m'était enlevé. Je me promis que dès que mes parents auraient retrouvé leurs esprits, je repartirais à Vaucouleurs. Maman s'occupait machinalement de la maison, s'interrompant souvent en regardant dans le vague et poussant des soupirs déchirants. Je la trouvai parfois comme statufiée devant la fenêtre, une cuillère à la main, comme si elle espérait voir arriver Catherine.

Jean et moi nous faisions notre possible mais la tâche était vaste. Pierre revint à la mi-novembre et resta quelques jours pour nous aider. Le soir de son arrivée, pendant le repas, il nous apprit qu'après que plusieurs bourgs fussent tombés au sud de Paris pendant l'été, les Anglais avaient pris d'autres villes sur la Loire au début de l'automne, mais aucune ne possédait de pont capable de faire passer une armée de l'autre côté. Si l'armée anglaise passait la Loire, elle marcherait sur Chinon où s'était réfugié le roi car Bourges était trop près de la frontière avec la Bourgogne, pour le faire prisonnier, le royaume serait perdu. Il l'était sans doute déjà, car depuis le 12 octobre, la menace était à son comble : le comte de Salisbury avait mis le siège devant Orléans. Bien que les Orléanais eussent détruit une arche d'un pont pour les arrêter, et que le comte de Salisbury eût été tué par un boulet de canon tiré par les encerclés, les Anglais avaient reçu des renforts et harcelaient la ville. Orléans pouvait tenir un peu grâce à ses fortifications, mais le temps du royaume était sans doute compté. On disait le roi démoralisé, mal entouré par des conseillers qui se disputaient entre eux, mal défendu par une armée fatiguée et démotivée qu'il avait du mal à payer. Baudricourt, qui avait une longue expérience militaire, avait dit qu'une contre-attaque sans organisation serait la fin de tout, surtout avec l'hiver qui allait arriver.

Plus près de chez nous, la situation n'était pas brillante non plus. A la suite de la reddition de Vaucouleurs, le gouvernement anglais voulait forcer

René d'Anjou, duc de Bar et beau-frère du roi de Bourges[49], à faire allégeance au roi d'Angleterre pour la partie mouvante de son duché. Prêter serment au régent Bedford, c'était devenir soudain l'ennemi de son allié Baudricourt, qui alors perdrait son rempart diplomatique contre l'envahisseur et serait le jouet des Anglais.

J'écoutais mon père et mes frères tout en desservant la table, tout cela était bien compliqué mais j'avais compris l'essentiel : mon temps était venu, seule l'aide de Dieu dont j'étais la messagère pouvait maintenant sauver le royaume. Avant de me coucher je priai longuement et j'essayai de réfléchir. Moins que jamais je ne pouvais parler à mes parents qui m'auraient empêchée de partir, voire pire, m'auraient enfermée ou noyée comme mon père l'avait évoqué l'année précédente.

Je dormis très mal malgré mon épuisement. Mon esprit refusait le repos. Lorsque je commençai à somnoler, Saint Michel m'apparut, comme illuminé sous mes paupières closes. Son visage était flou et se superposait par saccades à celui de mon frère Pierre et celui de Baudricourt, mais tous trois avec le même discours :

- Fille de Dieu, tu dois aller voir le roi. Il ne doit pas livrer bataille à ses ennemis avant que le Seigneur lui vienne en aide à la mi-carême, ou il sera perdu. Tu dois le faire couronner à Reims et alors il sera fort. Fille de Dieu, va en France et tu lèveras le siège d'Orléans.

---

[49] *Réné d'Anjou était le fils de Yolande d'Aragon, la belle-mère de Charles VII, et donc le frère de la reine Marie d'Anjou.*

J'ouvris les yeux et je me tournai de l'autre côté. Je devais absolument dormir si je voulais prendre la route au petit matin à l'insu de tous. Je devrais aller à pied à Burey chez mon oncle Durant Laxart qui ferait dire par la suite à mes parents qu'il avait eu besoin de moi pour aider sa femme. Ce n'était pas vraiment convaincant mais cela me ferait une étape et me laisserait le temps d'aller jusqu'à Vaucouleurs afin de persuader Baudricourt de me donner une escorte pour aller voir le roi.

Dès que mon plan fut échafaudé, des pensées contraires me submergèrent. J'allais disparaître comme une voleuse, laissant ma famille dans la plus grande incompréhension, ce qui était indigne de la bonne fille pieuse que j'étais. Je ne verrais plus mes amies, j'allais partir pour un monde inconnu, sans peut être jamais revenir. Je ne m'étais jamais demandé si je risquais de laisser ma vie dans cette aventure, cela me percuta brutalement et avant l'aube je faillis renoncer. J'aurais mille fois préféré rester dans mon village à filer et à coudre avec maman et avec mes amies, vivre au rythme des saisons de plaisirs simples, mais Dieu avait d'autres desseins pour moi auxquels je ne pouvais me soustraire. Je devais partir pour devenir enfin moi-même. A force de brasser toutes ces pensées, je ne savais plus si je dormais ou si j'étais éveillée. Je mis ma main devant mes yeux pour en être sûre, mais je ne la voyais pas dans la nuit noire. Lorsque j'entendis le discret cliquetis de pattes d'un rat, je fus certaine que je ne dormais pas.

Je me levai, m'habillai avec ma vieille robe rouge qui avait appartenu à Catherine, enfilai des chausses de laine que j'avais chapardées à ma mère, et après avoir enfourné quelques affaires dans un panier, je mis mon manteau et je sortis sans bruit par derrière, mes sabots à la main.

Je pris la direction de Greux. Le jour n'était pas levé, on n'y voyait goutte. J'arrivai à l'église et j'ouvris la porte à tâtons. Il faisait aussi froid dedans que dehors. Je priai debout dans le noir pendant un moment, puis, aux premières lueurs du jour, je me trouvai devant la tombe de Catherine. Je lui dis au revoir en pleurant. Elle devait être transie dans cette terre dure, et son petit n'aurait jamais connu la lumière du soleil.

Je repartis avec mon panier, j'avais plus de trois lieues à parcourir pour arriver à Burey. Une lueur pâle s'élevait à l'horizon jetant des ombres allongées sur les champs blancs de givre, mon souffle faisait des petits nuages devant moi. A la sortie du village, une frêle silhouette sans couleur avançait sur la route à ma rencontre. L'espace d'un instant je me demandai si je devais me cacher, mais cette démarche avait quelque chose de familier.

En approchant, je reconnus Mengette, emmitouflée jusqu'au nez dans un manteau sombre.

- Que fais-tu là de si bon matin ? lui demandai-je.

- J'ai passé la nuit auprès de ma tante qui est malade, mais elle va mieux et je rentre pour traire les vaches. Et toi, où vas-tu ?

- Je vais à Vaucouleurs, je ne sais pas si je reviendrai. Adieu, Mengette, que Dieu veille sur toi.

Et je m'en fus, sans me retourner.

Chapitre 24

Je marchais d'un bon pas malgré les ornières gelées. Un soleil chétif jetait parfois un rayon pâle à travers le ciel bas sur la route toute droite. J'étais transie, j'avais faim, et mes pieds semblaient durs comme des glaçons dans mes sabots. J'aurais dû prendre des bottes fourrées. En milieu de matinée, un paysan me dépassa avec une charrette et me demanda si je voulais monter. Il allait jusqu'à Maxey et j'acceptai de grand cœur de grimper à l'arrière. Je me recroquevillai, emmitouflée dans mon manteau, et songeai que mes parents devaient être levés et se demander où j'étais passée. Je n'avais pas non plus dit au revoir à ma meilleure amie Hauviette. Arrivé à sa destination, il me fit signe de descendre. Il me restait moins d'une lieue pour arriver chez Durand Laxart.

Celui-ci m'accueillit à bras ouverts en fin de matinée. Ma tante Aveline, enceinte jusqu'aux yeux, était justement en visite chez sa fille, son ventre était énorme. Je leur expliquai que je n'allais pas rester car mon but était Vaucouleurs. Ma tante était préoccupée par la peine que j'allais faire à ma mère.

Elle tenta de dissuader Durant de m'emmener à Vaucouleurs, et lui conseilla fermement de me ramener à Domremy, mais il lui rétorqua qu'il croyait, lui, que j'étais la pucelle qui devait sauver le royaume, et que par la ville de Vaucouleurs, on parlait de cette pucelle et qu'on l'attendait, sans savoir encore qui elle était.

Nous partîmes quelques jours plus tard. Ma tante me tint longuement dans ses bras, puis je l'embrassai et mis ma main sur son ventre.

- Adieu, ma tante. Si c'est une fille, appelez-la Catherine en mémoire de feue ma sœur bien-aimée[50].

Arrivés à la forteresse, nous nous fîmes annoncer et fûmes autorisés à entrer. En tant que fournisseur, Durant Laxart était plus ou moins un familier de Robert de Baudricourt. Cette fois je connaissais le chemin et me dirigeai vers la salle d'un pas sûr. Baudricourt et plusieurs hommes d'armes étaient assis autour de la grande table, à examiner des documents. Durand et moi posâmes nos manteaux sur un banc, Baudricourt leva les yeux et un sourire goguenard se dessina sur son visage.

- Eh bien vous revoilà, damoiselle, avez-vous reçu un autre message divin pour le roi ?

- Messire, je viens de la part de mon Seigneur vous demander une escorte pour aller en France voir le Dauphin, pour lui dire de ne pas encore livrer bataille à ses ennemis, parce que le Seigneur lui donnera secours avant le milieu du carême. Il veut que le Dauphin devienne roi et qu'il règne sur la France. En dépit de ses ennemis, je vous le dis, il sera roi et c'est moi qui le conduirai au sacre une fois que j'aurai levé le siège d'Orléans.

---

[50] *Selon le témoignage d'Allouy Robert, la petite fille de Jehan le Vauseul et d'Aveline, l'enfant (sa mère, donc) fut bien une fille prénommée Catherine, née en 1429, qui épousa Jacques Robert et mourut en 1520. (Source : La famille de Jeanne d'Arc – E. de Bouteiller et G. de Graux, 1878).*

Il fronça les sourcils et s'adressa à Durant.

- Cette fille est folle, mon bon ami, il faut la faire enfermer ! Que connaît-elle à la guerre ?

J'approchai d'un pas en soutenant son regard.

- N'avez-vous point connaissance de la prophétie qui dit qu'une pucelle venue des marches de Lorraine sauvera la France, comme je vous l'ai demandé la dernière fois ?

Cette fois, personne de son entourage ne riait. Deux de ses compagnons affichaient un air dubitatif prudent.

- Emmenez cette jeune personne hors de ma vue avant que je me fâche, Durand. La situation est assez difficile comme cela. Croyez-vous que j'aie les moyens de financer de tels amusements ?

Je lui tournai le dos, et sans saluer personne, je ramassai nos manteaux au passage et je sortis.

Quand nous regagnâmes la charrette, je dis à mon oncle que je ne rentrerais pas avec lui à Burey, et que je ne retournerais pas non plus à Domremy.

- Mais que vas-tu faire ?

- Il faut que j'aille en France, dussé-j'y aller à genoux. Baudricourt m'a éconduite deux fois, la prochaine fois sera la bonne. Je vais attendre.

J'étais déterminée à rester devant la porte tout l'hiver si nécessaire. Il finirait bien par entendre raison.

- Je vais t'emmener chez de bons amis, chez qui tu pourras loger. Maître Le Royer est charron et tu aideras sa femme Catherine aux tâches de la maison. Je leur donnerai un petit dédommagement[51].

Il mena la charrette dans les rues de Vaucouleurs et bientôt arrêta le cheval devant une maison à un étage auquel on accédait par un grand escalier de pierre sur le côté. Le rez-de-chaussée était réservé à l'atelier du charron. La femme était simple et gentille et accepta immédiatement de m'héberger. On m'attribua une paillasse à côté de la cheminée, jusqu'à ce que son mari me fabrique un lit, car, dit-elle en riant, ce n'était pas les planches qui manquaient. Mon oncle partit rassuré.

Catherine Le Royer était ronde et ample, et tout chez elle était empreint de cette même rondeur. Elle me parlait avec douceur. Les premiers jours, elle ne savait pas trop ce que je faisais là et n'osait pas demander, elle pensait que Durant m'avait sans doute sauvée de quelque mauvais traitement. Chaque matin nous allions prier à l'église. La journée je l'aidais, nous passions des après-midi à filer ensemble, et une ou deux fois par jour j'allais rôder près de la garnison pour essayer d'apercevoir Baudricourt. Je ne savais pas trop comment j'allais procéder pour qu'il me reçoive encore une fois.

Un matin, je rencontrai aux abords des murailles l'un des hommes que j'avais vus en compagnie de Baudricourt. C'était Jean de Nouillonpont, qu'on appelait aussi Jean de Metz, un chevalier dans la

---

[51] *En 1900, une plaque était encore apposée sur la maison qui avait été celle des Le Royer à Vaucouleurs en souvenir du séjour de Jeanne, et il existe encore une photo de cette maison, prise en 1895.*

force de l'âge, robuste et large, il posa sur moi un regard étonné plein de bonté.

- Ma mie, que faites-vous ici? Me demanda-t-il. Pourquoi n'êtes-vous pas rentrée chez vos parents ?

- Je suis venue parler à Robert de Baudricourt, pour qu'il veuille me conduire ou me faire conduire au roi. Il ne se soucie pas de moi, ni de ce que je lui dis ; cependant avant la mi-carême il faut que je sois auprès du roi, dussé-je y perdre les jambes jusqu'au genou. Nul autre que moi, ni roi, ni duc, ne peut sauver le royaume de France. Il ne recevra de secours que de moi. Pourtant je préférerais filer auprès de ma mère, mais il faut que j'aille, parce que c'est la volonté de mon Seigneur[52]. Je resterai ici tant que je n'aurai pas eu gain de cause.

- Mais qui est votre seigneur ?

- C'est le Seigneur Dieu.

- Savez-vous que le régent anglais a demandé au duc de Bar de faire allégeance au roi d'Angleterre ? Convient-il que notre roi soit chassé du royaume et que nous soyons anglais?

- Je le sais, et la seule façon que nous ne devenions pas anglais c'est que j'apporte le message de Dieu au Dauphin[53].

- Alors avec l'aide de Dieu je vous conduirai vers le roi. Bertrand de Poulengy est prêt lui aussi à vous escorter. Si Baudricourt n'y consent pas, nous ferons sans lui.

---

[52] *Ces propos ont été rapportés par Jean de Nouillonpont dit de Metz le 31 janvier 1456 au procès de réhabilitation*
[53] *Jeanne s'obstine à appeler Charles VII 'le Dauphin', alors qu'il est bien roi, mais n'a pas encore été couronné à Reims.*

Je rentrai fort joyeuse chez Catherine le Royer. Elle m'avait en grande affection, n'ayant jamais eu d'enfant elle-même, et je lui narrai ma rencontre. Je lui expliquai que Baudricourt ne voulait pas m'envoyer voir le Dauphin mais que je devais absolument y aller car j'étais la Pucelle des marches de Lorraine qui devait sauver la France.

Elle connaissait la prophétie. Stupéfaite, elle se signa, me regardant soudain comme si j'étais un ange tombé du ciel.

- Jésus Marie, et cette prophétesse est chez moi !

La nouvelle de ma présence, qui avait commencé à se répandre dans la ville, enflamma soudain Vaucouleurs et ses environs grâce à Catherine Le Royer. On me regardait moitié avec méfiance, moitié avec respect. Du côté de la garnison, les choses aussi avançaient. Jean de Metz, qui me rendait visite fréquemment, me disait que plusieurs gentilshommes de la soldatesque s'étaient ralliés à son avis sur ma condition, et que Baudricourt, qui campait toujours sur ses positions, commençait à être touché de tout ce qu'on lui racontait sur ma piété et ma vertu, et excédé des pressions de son entourage pour accéder à ma demande.

Durant aussi venait me voir au moins une fois la semaine. Il me donnait des nouvelles de Domremy. Mon amie Hauviette avait été profondément affectée par mon départ, et encore plus parce que je ne lui avais pas dit au revoir, elle avait beaucoup pleuré[54]. Mes parents, informés de ce qu'il m'était advenu, en

---

[54] *Témoignage d'Hauviette au procès de réhabilitation le vendredi 30 janvier 1456, alors âgée de 45 ans environ.*

avaient perdu les sens et étaient écrasés par la honte. Mon frère Pierre venait tous les deux ou trois jours et me disait que ma mère tenait, mais mon père n'avait plus goût à rien, qu'il était affaibli et qu'il avait l'air malade. Je résolus de leur envoyer une lettre pour leur demander pardon et leur dire de prendre patience, qu'un jour ils seraient fiers de moi. Dès le lendemain je m'en fus voir l'écrivain public.

Dans les moments de doute, mes voix m'encourageaient.

- Bientôt, Jeannette, bientôt ce sera ton heure. Tiens-toi prête.

Les jours passaient, le temps me pesait, je ne tenais plus en place. Il fallait agir sans tarder mais je ne pouvais pas partir seule sans équipement ni escorte.

Il apparut que mes prédictions faisaient grand bruit. Elles avaient même enflé au point qu'on me prêtait maintenant des dons que je n'avais pas, comme de guérir les malades. Je commençai à trouver chaque matin des gens dans l'escalier qui apportaient des offrandes, du pain, des galettes, un chaperon, ou bien qui venaient m'implorer de venir toucher leur enfant souffrant.

N'y tenant plus, je dis un jour à Durant Laxart qu'il fallait maintenant prendre la route sans tarder. Il acheta un cheval noir[55], j'enfilai des vêtements d'homme qu'on m'avait donnés, et nous nous mîmes

---

[55] *D'après la Déclaration de Jean de Nouillonpont dit de Metz le 31 janvier 1456, ce cheval valait environ seize francs, c'était un cheval ordinaire.*

en route avec l'un de ses amis qui habitait Vaucouleurs, Jacques Alain.

Chemin faisant, je réfléchis que nous n'irions sans doute pas loin à nous trois seulement. De plus, j'avais quitté Vaucouleurs sans l'assentiment ni l'aide de Baudricourt, sans armes ni escorte militaire, sans une lettre de recommandation pour le Dauphin, et sans honneur, à la sauvette Nous étions à la merci des brigands qui proliféraient sur les routes et je risquais de mettre en danger ma vie et celle de mes compagnons, qui n'étaient pas non plus des hommes d'armes. Etait-ce là le peu de cas que je faisais d'une mission de cette importance ? Ce n'était pas ainsi qu'il fallait partir.

Après une lieue environ, je vis une chapelle et je m'arrêtai pour prier et demander conseil à mes voix. Je m'entretins avec mes compagnons de mes réflexions. Ils pensaient eux aussi que l'entreprise était périlleuse, mais ils n'avaient pas voulu me contrarier tant ils étaient sûrs que mes voix me guidaient. Je me rendis compte pour la première fois de la puissance que me donnait ma certitude. Nous rentrâmes à Vaucouleurs, mais ce départ manqué avait conforté mon assurance.

Catherine le Royer fut attristée de me voir revenir, et les habitants de Vaucouleurs avec elle. Ils pensaient que j'avais renoncé, et je dus expliquer que je n'étais pas suffisamment équipée ni entourée pour réussir ma mission, qu'il valait mieux attendre d'avoir les moyens de la mener à bien avec certitude.

Chapitre 25

Mi-janvier 1429

En quelques jours, les habitants de Vaucouleurs se cotisèrent pour me faire faire un costume d'homme : un gippon, des chausses, des houseaux, une cotte, des guêtres et des éperons.

Une semaine plus tard, Catherine et moi eûmes la surprise de voir arriver dans sa maison Robert de Baudricourt en personne, accompagné de Messire Jean Fournier, le curé de Vaucouleurs, que je connaissais car il m'avait déjà confessée. Il demanda à me parler en particulier. Robert de Baudricourt et Catherine descendirent sur la place et nous laissèrent seuls. Ayant revêtu son étole, il brandit un crucifix dans ma direction, le bras tendu.

- Jeannette, Robert de Baudricourt a demandé à ce que tu sois exorcisée pour savoir si c'est bien Dieu qui t'envoie, ou si tu es une créature du démon. Si tu es maléfique, éloigne-toi, sinon, approche !

Je me jetai à ses genoux, les mains jointes.

- Vous savez bien que je suis envoyée par Dieu, puisque vous m'avez déjà entendue en confession ! Qu'est-ce donc que tout cela ?

- Messire de Baudricourt voulait en être sûr. Tout le monde lui rebat les oreilles avec la prophétie de la pucelle, et elle est même parvenue jusqu'au duc de Lorraine qui souhaite que tu le guérisses. Baudricourt préfère vérifier qu'il ne lui envoie pas une créature démoniaque.

Il rappela Baudricourt qui se planta devant moi les mains sur les hanches.

- Mon ami René d'Anjou a parlé de toi et de tes prodiges à son beau-père le duc de Lorraine, qui est malade, et il veut que tu lui rendes visite en son château de Nancy pour le guérir. Il t'a envoyé un sauf conduit pour aller en Lorraine. C'est une bonne occasion pour prouver tes dons : si tu es vraiment envoyée par Dieu tu le soulageras. Et peut-être pourrai-je reconsidérer ma position sur tes prophéties.

- De quoi souffre-t-il ?

- Nul ne sait, mais cela le met de méchante humeur. Tu partiras dès demain.

- Je vous redis, Messires, puisque vous êtes devant moi, que le Dauphin ne doit pas livrer bataille à ses ennemis avant d'avoir reçu l'aide de Dieu.

- Eh bien tu me le rediras encore à ton retour.

***

C'est dans une tempête de neige que nous nous mîmes en route, Jean de Metz, Durant Laxart et moi, pour ce long voyage. Plus de vingt lieues que nous parcourûmes en deux jours. J'en profitai pour demander à Jean quel genre de personnage était le duc de Lorraine.

- De son jeune temps c'était un preux chevalier qui a participé à plusieurs croisades, et on le disait avisé, me répondit-il. Aujourd'hui c'est un puissant vieillard de mauvais caractère, La duchesse Marguerite, qui est très pieuse, s'est réfugiée au couvent il y a longtemps de cela, lasse de le voir batifoler avec sa belle maîtresse Alison du May, à qui il a fait autant d'enfants qu'à sa femme.

Jean nous laissa à Toul, et c'est uniquement accompagnée de mon oncle que j'arrivai au château du duc de Lorraine. Je n'avais jamais vu palais si vaste et si peuplé. Les écuries étaient remplies de chevaux et je me demandais si nous allions retrouver les nôtres dans cette multitude lorsque nous les laissâmes au palefrenier. Nous traversâmes plusieurs cours encombrées de soldats et de serviteurs pour parvenir au logis.

Un huissier examina notre sauf conduit et nous pria de le suivre. Nous dûmes parcourir une bonne demi-lieue dans des couloirs et des salles avant d'arriver au chevet du duc. Au fond d'une chambre aussi grande et sombre qu'une église, il était assis dans son lit à courtines aux colonnes richement sculptées, calé contre plusieurs oreillers. De lourds rideaux étaient tirés devant les fenêtres et seuls des candélabres sur pieds éclairaient la pièce. Une énorme bûche crépitait dans la haute cheminée, projetant des rougeoiements sur une dizaine de courtisans qui parlaient à voix basse. Une très belle dame assise sur un tabouret à côté du lit, vêtue d'une somptueuse robe de brocart couleur cerise bordée de fourrure, portant une étrange coiffe de résille à laquelle était accroché un petit voile, lui tenait la main. Le malade avait mauvaise mine, les traits affaissés et le teint jaune, un épais bonnet de feutre enfoncé jusqu'aux yeux.

Nous nous approchâmes en traversant l'assemblée, et l'odeur fétide que j'avais à peine remarquée à l'entrée devint incommodante. A ce moment, personne ne semblait se préoccuper de nous ni savoir qui nous étions. J'étais contente d'avoir des habits d'hommes, bien que modestes, qui me faisaient ressembler à un jeune page, car avec la vieille robe rouge rapiécée de Catherine, j'aurais fait piètre figure et on m'aurait sans doute chassée.

L'huissier parla à un personnage sans doute d'importance, qui alla chuchoter quelques mots au duc, puis à la suite de ce bref entretien, demanda à toute l'assistance de quitter la pièce et de me laisser seule avec lui. Durant faisait mine de ne pas avoir entendu, mais se fit reconduire fermement vers la porte.

Soudain je me retrouvai toute seule dans cette vaste pièce, avec seulement deux gardes de chaque côté de la porte, le bruit des craquements de la bûche dans la cheminée qui envoyait des escarbilles sur le pare feu, et cette pestilence que le malade répandait autour de lui.

- Approche, mon enfant.

Vu de près, il avait le visage marbré de petites veines rouges de ceux qui ont trop fait bombance, les yeux rouges et la bouche molle.

- Ainsi c'est toi qu'on nomme la Pucelle ? Quel est ton nom ? On dit que tu veux aller voir le roi ?

- On m'appelle Jeannette, Messire. Ce n'est point que je veuille aller voir le Dauphin, c'est Dieu qui m'y envoie. Je dois aller sans tarder lui dire qu'il ne livre pas bataille maintenant à ses ennemis avant d'avoir reçu l'aide de Dieu à la mi-carême. Et je dois aussi le faire couronner à Reims.

- Rien que ça ! Et c'est Dieu lui-même qui t'a demandé de lui délivrer ce message ?

- Par l'entremise de Saint Michel, Sainte Catherine et Sainte Marguerite.

Il ferma les yeux un long moment, je ne savais que faire, je me demandais s'il s'était endormi, mais il reprit d'une voix pâteuse :

- d'après ce que j'en sais, cela me semble sage qu'il attende pour livrer bataille. Il n'est pas en position de force dans l'instant. Aussi, qu'il soit couronné à Reims en ferait un roi enfin indiscutable aux yeux de tous ses sujets, mais comment procéderas-tu ?

- Je ne sais, Messire, mes voix me disent au fur et à mesure comment je dois faire.

- Bien, bien… Et donc tu as la faculté de guérison ? Est-ce Dieu qui te l'a donnée ? Tu pourrais me soulager ? Peux-tu faire des miracles ?

- Je ne sais, Messire. Je crois qu'on a exagéré mes dons. Je ne suis qu'une pauvre fille de Domremy, et j'aurais préféré rester dans mon village à coudre et à filer avec ma mère, mais Dieu en a décidé autrement.

- Que peux-tu faire pour moi dans ce cas ?

- Je vais y réfléchir, Messire, pour l'heure j'ai chevauché toute la journée et je suis fatiguée.

- Tu me sembles raisonnable, jeune fille, va à la porte et appelle le chambellan.

Je n'eus pas besoin de bouger, les gardes avaient entendu, l'un deux ouvrit la lourde porte et un homme de haute taille se dirigea vers le lit.

- Veillez à ce que cette jeune damoiselle ne manque de rien, dit-il. Elle reviendra me voir demain après les vêpres.

Durant m'attendait dans l'antichambre. On nous mena aux communs, lui je ne sais où et moi dans le quartier des femmes. Mais en ma qualité de prophétesse, on ne me mit pas à coucher dans le dortoir où s'entassaient les servantes. J'eus droit à une petite chambre propre, chauffée par un chaudron de braises, avec un vrai lit et un édredon de plume. Je fis mes prières et me couchai immédiatement. J'appelais mes voix à l'aide de tous mes vœux. Qu'allais-je bien pouvoir dire à ce duc ? Si je ne le guérissais pas, est ce que je ne risquais pas de me retrouver au fond d'un cachot ? Sainte Catherine et Sainte Marguerite devaient être bien occupées à autre chose, car aucune ne vint. Dans la chaleur douillette de mon lit, mon corps endolori par la chevauchée se détendait et mon esprit commençait à vagabonder. Je me disais que la dernière fois que j'avais dormi dans un château, c'était au château de l'Isle, serrée contre maman sous la charrette. Que faisait maman à cette heure ? Comme elle me manquait. Comme j'aurais voulu pouvoir me serrer contre elle, puisque ma Catherine n'était plus. Puis je pensais à la pauvre duchesse, dans son couvent glacial, qui priait pendant que sa rivale se pavanait dans son palais.

Le lendemain matin après avoir entendu la messe, je retrouvai Durant à l'écurie. Des écuyers venaient préparer des chevaux pour la joute qui devait avoir lieu avant le repas de la mi-journée. Par jeu, et parce que je ne savais à quoi occuper mon temps, je demandai qu'on prépare aussi mon cheval et je me rendis sur la lice. Après m'avoir recommandé de me bien conduire, Durant partit en exploration dans le château. Postée sur mon cheval au bord de la lice, j'observai un moment. Peu de gens m'avaient vue la veille, et avec mes habits d'homme, mon gippon rembourré et mon bonnet de feutre cachant mes cheveux, personne ne me reconnut. Les chevaliers n'étaient pas encore arrivés, et les écuyers et les valets s'amusaient avec des bâtons en guise de lances, comme le faisaient jadis les garçons de mon village, pour dégourdir les chevaux.

Par méprise, l'un des hommes pensa que j'attendais mon tour.

- Allons mon garçon, bouge-toi, ce sera ta seule chance aujourd'hui de te prendre pour un chevalier, ils seront bientôt prêts et le tournoi va commencer.

En effet, quelques dames avançaient vers la tribune, emmitouflées dans des manteaux doublés de fourrure. Je lançai mon cheval en même temps que l'autre cavalier, et en le croisant, sans essayer de le mettre à terre, j'esquivai son bâton en me couchant sur ma monture. Craignant de m'attirer des remontrances, je ne m'arrêtai pas au bout de la lice et je rentrai le cheval à l'écurie.

Lorsqu'après les vêpres je me rendis dans la chambre du duc, il avait un peu meilleure mine.

- Eh bien, fille étonnante qui court la lance, quelles nouvelles m'apportes-tu de ma santé ?

Il s'était mis quelques instants à la fenêtre et m'avait aperçue.

- Je ne saurais vous dire, Messire, mais je prierai pour votre guérison si vous me promettez de reprendre votre femme, d'abandonner votre maîtresse[56], et de me donner votre beau-fils avec une escorte pour aller voir le Dauphin et libérer la France[57].

Il partit d'un rire franc qui se termina en quinte de toux, je crus qu'il allait trépasser. Un valet se précipita avec un plat dans lequel il cracha et il reprit :

- tu es bien hardie de me parler ainsi ! Aucun courtisan de ce château ne l'oserait. Je ne saurais renvoyer Alison du May, car l'idée de la voir tous les jours me tient en vie, et je ne dispose pas de mon beau-fils, René d'Anjou à ma guise pour l'envoyer t'escorter. Mais sans savoir si tu dis vrai, ton discours est sensé. Pour ta peine je vais te faire donner un cheval et quatre francs[58]. Tu peux te retirer.

Je sortis, sidérée que l'entretien soit déjà terminé. Je dus attendre le lendemain que l'échevin me remette quatre pièces d'or sur lesquelles figurait d'un côté le roi à cheval revêtu d'un manteau à fleurs de lys. J'y vis un présage. Je n'avais jamais eu autant d'argent, et je le confiai à Durand par sécurité. Ce jour-là sur notre passage tout le monde se mettait à chuchoter 'il se dit qu'elle a couru la lance', on me reconnaissait et on me saluait. Seule Alison du May, que nous croisâmes dans une galerie, passa devant nous droite comme une pique, en tournant la tête de l'autre côté.

---

[56] *Selon un témoin non identifié qui aurait tenu ces propos de Jeanne elle-même.*
[57] *Propos recueillis lors de l'Interrogatoire de Jeanne au procès de condamnation, le jeudi 22 février 1431.*
[58] *Selon le témoignage de Durand Laxart au procès de réhabilitation, le 31 janvier 1456.*

Quand nous nous rendîmes à l'écurie, un beau cheval gris[59] m'attendait. Il se mit à neiger et nous dûmes attendre quelques jours pour prendre la route du retour, pendant lesquels je montai mon nouveau cheval. Je le trouvais magnifique et je l'aimais déjà. C'était un gracieux trottier, vif, léger et docile, et celui-ci était vraiment à moi toute seule, et m'avait été offert par un duc !

---

[59] *Selon le témoignage au procès de réhabilitation de Jean Morel, parrain de Jeanne, le mercredi 28 janvier 1456, le cheval donné à Jeanne par le duc de Lorraine était gris.*

Chapitre 26

Après nous être arrêtés à Saint Nicolas du Port pour entendre la messe, nous reprîmes tous deux la route contre les rafales glacées qui transperçaient nos manteaux.

Mon vaillant petit cheval gris trottait gaillardement, et mon autre cheval noir, offert par Durand, portait notre léger bagage. Nous fûmes obligés de nous arrêter à de nombreuses reprises en raison des intempéries et ce n'est que le troisième jour que nous fûmes en vue de Vaucouleurs.

Nous dûmes attendre le dimanche pour être reçus à nouveau par Baudricourt. Il me toisa en hochant la tête, avec une moue dubitative qui parodiait l'admiration.

- Ainsi donc le duc de Lorraine t'a donné un cheval et de l'argent alors que tu ne l'as même pas guéri ?

La nouvelle m'avait précédée.

- En effet, Messire, je lui ai dit que je prierais pour sa guérison s'il renvoyait sa maîtresse et qu'il reprenait sa femme, et je lui ai demandé que son beau-fils m'escorte pour aller voir le Dauphin.

- Ce qu'on m'a raconté est donc vrai ! Tu es bien audacieuse ! Le duc te récompense, toute la ville ne parle que de toi... J'ai donc décidé de t'écouter et j'ai envoyé un messager demander au roi s'il accepte de te recevoir pour que tu lui remettes ton message.

Je me jetai à ses genoux.

- Merci Messire, quand partons-nous ? Le temps presse. Je suis aussi venue vous redire, comme je l'avais promis, qu'il ne doit pas encore livrer bataille car il serait en grand péril. Ne tardez pas à m'envoyer, car il se peut qu'aujourd'hui même il ait subi un grand dommage près d'Orléans.

- Du calme, damoiselle, je ne sais s'il va me répondre. Pour l'heure, mes gens vont t'accompagner à l'armurerie et tu te feras donner une armure à ta taille, si on en trouve une, et une épée. Poulengy t'instruira sur son maniement.

Un garde m'accompagna à la salle d'armes où je trouvai mon frère Pierre. Après des effusions de joie, il m'aida à trouver un plastron, et des protections pour mes bras et mes jambes dont il énonçait les noms au fur et à mesure mais je n'en retins aucun. Il me dit de retirer mon bonnet pour essayer un casque en bassinet[60], et mes cheveux se répandirent sur mes épaules.

- Il va falloir te couper les cheveux, petite sœur.

- Qui peut le faire ?

- Moi, je sais le faire. Laisse-moi t'accompagner à ton logis, ainsi je porterai ton armure, et je te couperai les cheveux comme il convient.

Il n'y avait pas de casque assez petit pour moi, il résolut de m'en mettre un sur la tête par-dessus mon bonnet. Pour finir, l'armurier me trouva une épée pas

---

[60] *Casque ouvert en forme de bol.*

trop lourde, nota tout ce qu'il m'avait donné et mit le tout dans un sac, sauf l'épée.

Catherine Le Royer fut surprise et effrayée de me voir arriver brandissant une épée, mais je la rassurai, même si je devais faire la guerre je ne tuerais jamais personne. Pierre lui demanda une écuelle et un couteau bien aiguisé. Il me posa l'écuelle sur la tête et commença à couper tout ce qui dépassait. Je regardais les mèches brunes tomber autour de moi, et soudain j'eus froid au cou. Catherine, qui regardait, s'approcha et lui dit gentiment

- Laisse-moi faire, mon garçon, j'ai l'habitude, tu vas lui fendre le crâne !

Elle termina la tâche avec des gestes plus doux, précis et légers, puis je sentis la lame du couteau qui me rasait la nuque. Enfin elle retira l'écuelle et Pierre me regarda.

- Te voilà prête, Jeannette. Si tu pars voir le roi je t'accompagnerai pour prendre soin de toi. Et Jean aussi viendra[61], il ne cesse de demander de tes nouvelles. Nos parents sont en train de se rendre compte de qui tu es et ils t'ont pardonnée.

En effet, je me sentais tout autre, après des années de quête, enfin celle que je devais être. A ce moment nous entendîmes une troupe de cavaliers qui s'arrêtait devant la maison. Pierre sortit sur le seuil,

---

[61] *Les frères de Jeanne la rejoignirent à Chinon et furent ses compagnons d'armes. Son frère Pierre tomba en même temps qu'elle à Compiègne le 24 mai 1430. Il fut libéré après avoir payé une énorme rançon, puis s'installa dans la région d'Orléans. Son frère Jean, l'aîné, suivit aussi Jeanne dans ses campagnes militaires. En 1457 il devint capitaine de Vaucouleurs.*

en haut du grand escalier, et je l'entendis parler aux soldats.

- Ils ont ordre de t'amener loger à la garnison, reprenons tes affaires.

Je saluai Catherine, elle m'attira à elle et me serra à m'étouffer contre son sein opulent.

- Va, ma Jeannette, et que Dieu te garde, nous ne t'oublierons jamais.

Dès le soir à la caserne je commençai à regretter la maison des Le Royer. On m'avait montré une paillasse dans le coin d'une grande salle, et les rires gras commençaient à fuser. On m'interpelait en termes grossiers. Je ne pouvais pas coucher dans une telle promiscuité. Mon frère Pierre logeait dans une autre aile et ne pouvait pas me protéger.

Heureusement, Jean de Metz et Bertrand de Poulengy m'entourèrent pendant le repas, formant un rempart autour de moi, et entre ces deux forces de la nature, je me sentais en sécurité. Ces deux gentilshommes ne dormant pas avec la troupe, Bertrand décida de me laisser sa couche, et s'étendit sur le sol devant le lit pour assurer ma sécurité. Je m'allongeai néanmoins tout habillée. Avant que je ne m'endorme, Saint Michel m'apparut, et me dit de me tenir prête à partir bientôt voir le Dauphin.

Nous fûmes réveillés par des coups, alors que le jour n'était pas encore levé. Un garde cria à travers la porte.

- Messire, la pucelle a disparu et le Sire de Baudricourt la cherche pour l'entretenir céans !

Le temps que j'ouvre un œil, il était déjà debout sur le seuil.

- Elle n'a pas disparu, elle se repose et je veille sur sa sécurité.

- Dans ce cas, Messire, conduisez-là sans tarder au capitaine dans la grande salle.

Puisque j'étais déjà habillée, ce fut rapide, je me passai seulement un peu d'eau glacée sur le visage et j'enlevai les brins de paille de la paillasse emmêlés dans mes cheveux. Je fus surprise en passant la main sur ma tête d'y trouver aussi peu de poils.

Nous nous précipitâmes dans la salle à la requête de Baudricourt. Je portais maintenant des chausses à semelles de cuir, et je m'étonnais encore que mes pas fussent aussi silencieux, tant j'étais habituée au bruit de mes sabots.

Baudricourt, effondré dans sa chaire, éclairé seulement par le feu de la cheminée, se redressa à notre arrivée. Il semblait ne s'être pas couché. De larges cercles sombres s'étalaient autour de ses yeux épuisés, il n'était pas rasé, on eût dit qu'il avait vieilli de plusieurs années dans la nuit.

Je pliai le genou devant lui tandis que Bertrand restait debout derrière moi.

- Vous m'avez fait mander, Messire ?

- Tu m'as bien dit hier que le roi risquait un grave dommage s'il livrait bataille à ses ennemis avant la mi-carême ?

- Oui, Messire.

- Comment le savais-tu ?

- Mes voix me l'ont dit, Messire.

Il prit son menton dans sa main d'un air las.

- Un messager est arrivé hier soir de Chinon. Les Orléanais te réclament et le roi veut te voir. Tu partiras dès demain.

Je me mis à trembler. Je ne savais si je devais penser 'si vite ?' ou 'enfin'.

- Je te donne pour escorte mon écuyer Jean de Metz qui sera chef de l'expédition, Bertrand de Poulangy ici présent et son serviteur Julien d'Honnecourt, ainsi que le frère du précédent, Jean Coulon d'Honnecourt, écuyer de René d'Anjou. Le chevaucheur royal, Jean Collet de Vienne, envoyé de Chinon par le Dauphin, avec son archer et écuyer Richard qui sont arrivés cette nuit s'en retourneront avec vous. Tu devras traverser des contrées aux mains des ennemis. Sache que cette troupe de six cavaliers ne sera pas assez nombreuse pour te défendre mais grandement suffisante pour te faire repérer par les Anglais qui rêvent déjà de te capturer. La route sera périlleuse, il faudra te montrer prudente.

- Dieu me montrera la route, Messire.

- Je l'espère. Tu peux te retirer.

Au moment où je quittai la salle, les genoux tremblants, j'entendis les cloches de l'église et j'allai entendre la messe pour m'aider à reprendre mes esprits. Sainte Catherine, Sainte Marguerite et Saint Michel en armure m'apparurent dans un halo aveuglant, Saint Michel brandissant son épée d'or et l'apposant sur chacune de mes épaules comme s'il me faisait chevalier. Je me disais 'le moment est venu' et j'avais peine à y croire. Je me sentais comme au bord d'une falaise, prête à me jeter dans le vide, mais avec la certitude que les anges me porteraient sur leurs ailes.

***

Chapitre 27

Le bruit s'est répandu comme un feu de paille, et une foule nombreuse se presse dans les rues pour nous voir passer. Je chevauche en tête, suivie de Jean de Metz. J'ai voulu monter mon cheval noir, celui offert par Durand Laxart, qui me semble plus robuste pour cette longue route que mon petit trottier gris, que j'ai confié aux bons soins de mon frère Pierre. Il me dit qu'il me rejoindra avec Jean dès qu'il le pourra.

Nous partons avec peu de bagages, je porte mon épée, dont je ne me suis jamais encore servie, et des vêtements neufs offerts par les habitants de la ville : une robe courte noire sur des houseaux[62] de cuir, mes éperons et un chaperon noir. Mon armure est dans un sac derrière moi. C'est d'ailleurs une piètre protection à laquelle il manque des morceaux. Je ne la porterai que si nous sommes en danger.

Depuis le début de la matinée, toute la ville a afflué à la garnison avec des dons pour payer le voyage. Tout le monde m'acclame à grand bruit comme si j'avais déjà accompli des prodiges, mais je sais que ce qui m'attend sera difficile. Je ne dois penser qu'à une seule chose pour l'instant : aller voir

---

[62] *Jambières, guêtres de protection.*

le roi, lui dire qu'il est le vrai héritier légitime du trône et que Dieu va lui venir en aide.

Je n'ai pas revu mes parents. Les reverrai-je un jour ? Comment le Dauphin va-t-il me recevoir ? Serai-je capable d'aller au bout de ma mission ? Je me rends compte que la colère qui m'animait parfois depuis que je suis petite s'est métamorphosée en un élan d'une autre nature, tout aussi puissant, et je sais aujourd'hui où il m'emporte.

Mon cheval avance avec peine mais calmement au milieu de la cohue. Poulengy et Jean de Metz sont derrière moi, les autres suivent. C'est un étrange sentiment de conduire cette troupe de soldats aguerris. Les matrones veulent me toucher. On me tend des enfants, mais je ne peux pas les prendre. J'arrive devant la porte de France, surmontée d'une tour carrée, qui marque la sortie de la ville. Quand je serai de l'autre côté, mon destin sera scellé. Je m'engage sous la voûte, je passe la herse. Une petite assemblée m'attend. Baudricourt est là, debout, avec d'autres personnages sans doute d'importance que je ne connais pas. Le curé Fournier est là aussi, avec les enfants de cœur dont l'un porte la croix de procession. Les Le Royer sont juste derrière avec Durand Laxart, Catherine pleure dans son tablier. J'arrête mon cheval et je me retourne pour demander du regard à Poulengy ce qu'il convient de faire, mais derrière moi je ne vois que Collet de Vienne, le messager du roi qui porte le penon bleu aux fleurs de lys et Richard, le mercenaire écossais au service du Dauphin. Metz et Poulangy sont encore à l'intérieur de la ville à saluer leurs connaissances. Je devrai m'habituer.

Baudricourt s'approche. Aujourd'hui c'est lui qui lève la tête et moi qui baisse les yeux sur lui. Il me tend le sauf conduit qui doit nous permettre de voyager sans encombre.

Une femme s'écrie :

- Priez pour cette brave fille qui va se jeter à travers tant de périls !

Je lève la main qui tient le sauf-conduit.

- Ne me plaignez pas, c'est pour cela que je suis née !

Baudricourt est ému. Je lis dans ses yeux des sentiments partagés. C'est la première fois qu'il n'a pas l'air sûr de lui. Il se demande s'il a bien fait de me faire confiance, car si j'échoue, c'est le royaume entier qui risque de sombrer. Et il se dit qu'il envoie peut-être à la mort une pucelle à peine sortie de l'enfance.

Toute mon escorte est maintenant sortie de la ville et s'est alignée à mon côté. Il s'adresse à Jean de Metz.

- Messire, jurez-moi de veiller sur elle, conduisez-la bien et sûrement.

Puis, se tournant vers moi,

- Va, va, me dit-il, et advienne que pourra[63].

J'éperonne mon cheval, ma petite troupe à ma suite, et je n'entends plus que le bruit des sabots.

*

---

[63] *Propos rapportés par Jeanne elle-même lors de son procès, à la séance du 22 février 1431, interrogée par Jean Beaupère qui lui demandait ce que Baudricourt lui avait dit lors de son départ « Ledit Robert de Baudricourt fit jurer à ceux qui me conduisaient de me conduire bien et sûrement. Et Robert me dit, à moi, au moment que je le quittai : « Va, va, et advienne ce qu'il pourra advenir ! »*

Après

Quelques jours plus tard, Baudricourt reçut une nouvelle qui le laissa fort décontenancé. L'armée du roi avait été défaite à Rouvray au nord d'Orléans.

Pour se venger d'un précédent vol de vivres par les Anglais, les troupes françaises et leurs alliés écossais avaient voulu attaquer un convoi de cent cinquante chariots parti de Chartres pour ravitailler les troupes anglaises du siège d'Orléans en poisson séché pour le carême[64].

Une partie de l'armée menée par Jean de Dunois partie d'Orléans devait rencontrer la deuxième partie conduite par Charles de Bourbon pour prendre l'ennemi en tenaille, mais ils manquèrent leur jonction, puis ne parvinrent pas à tomber d'accord sur la manière d'attaquer, et pour finir furent défaits par les Anglais. Les pertes françaises furent lourdes alors que l'armée était bien supérieure en nombre à l'escorte anglaise du convoi. Cette défaite avait eu lieu précisément le jour où Jeanne l'avait annoncée.

Après une chevauchée de onze jours, qui s'effectua partiellement de nuit par mesure de prudence, la petite troupe arriva en Touraine, précédée de sa réputation. La cour de Charles VII était loin d'être unanime sur cette visite. Le roi était dans une situation très critique, les caisses étaient vides, il était sans solution pour sauver Orléans, et lui-même

---

[64] *La bataille du Rouvray (12 février 1429) passera à la postérité sous le nom de 'journée des harengs'. Côté Français assisté des Ecossais, on déplore 600 victimes sur 4000 hommes en présence, dont plusieurs seigneurs et chevaliers. Les Anglais étaient au nombre de 1500 hommes environ et les pertes furent minimes.*

menacé au point qu'il songeait à s'enfuir en Dauphiné ou même en Castille.

Certains de ses conseillers pensaient qu'il serait compromettant pour lui de rencontrer une fille de campagne que certains disaient folle, mais la lettre de Baudricourt et les périls qu'elle avait dû affronter pour arriver au roi jouèrent en sa faveur. Le fait que les habitants d'Orléans aient envoyé une requête au roi disant qu'elle était leur dernier espoir finit sans doute de le convaincre de la recevoir. Par ailleurs, Jeanne arrivait au bon moment, le moral des troupes étant au plus bas, l'armée avait grand besoin d'un élément fédérateur, et le peuple d'une bannière derrière laquelle se rassembler.

La légende dit qu'elle reconnut le roi au milieu d'une nombreuse assemblée sans l'avoir jamais vu auparavant, mais il est vraisemblable qu'elle l'avait rencontré un peu plus tôt en petit comité.

Charles VII l'envoya pendant trois semaines à Poitiers, où il la fit examiner par les autorités ecclésiastiques et par la duchesse d'Anjou sa belle-mère, qui fit vérifier sa virginité, et après avoir effectué une enquête à Domremy pour s'assurer de sa réputation de fille sage, pieuse, et saine d'esprit, il décida de lui confier une première mission.

Il l'envoya à Orléans en avril 1429 avec un convoi de ravitaillement, et non pas comme on pourrait le penser à la tête d'une armée. Jeanne n'a jamais combattu à proprement parler. Elle ne savait pas manier l'épée, et elle n'utilisa la sienne que pour chasser des femmes de mauvaise vie qui suivaient les régiments. Elle n'avait pas non plus la science infuse d'un stratège de guerre, même si elle apprit vite et était dotée d'un solide bon sens. C'était plutôt une sorte de mascotte qui motivait les troupes au combat. Jeanne n'a jamais été un chef de guerre. Ce mythe a été créé par le régent anglais du royaume de France, le duc de Bedford, qui fit courir le bruit qu'elle menait l'ost envoyé par le diable, pour minimiser la portée de la défaite anglaise à Orléans. Néanmoins elle était toujours présente en première ligne avec courage.

Ses frères la rejoignirent à ce moment. On lui fit faire une bannière frappée de la fleur de lys où était inscrit 'Jesus Maria'.

Elle rencontra à Orléans le 26 avril le futur Comte de Dunois, dit le bâtard d'Orléans[65], et grâce à son enthousiasme et son charisme, réussit à galvaniser l'armée désespérée, qui retrouva assez d'énergie pour obliger les Anglais à lever le siège de la ville dans la nuit du 7 au 8 mai 1429.

C'était le début de « l'année merveilleuse ». L'épopée de Jeanne ne durerait qu'un peu plus d'un an jusqu'à sa capture le 23 mai 1430.

Après Orléans, portée par sa notoriété après avoir participé à plusieurs batailles victorieuses sur le front de la Loire, elle se rendit à Loches en juin et persuada Charles VII de se faire sacrer à Reims, car c'était là que se trouvait le 'Saint Chrême' qui, lui seul, pouvait légitimer sa qualité de souverain du royaume. Il deviendrait ainsi le seul roi de France, et prendrait la préséance sur Henri VI le roi d'Angleterre qui revendiquait aussi ce titre en vertu du traité de Troyes (via le régent le Duc de Bedford,

---

[65] *Fils illégitime du frère cadet du roi Charles VI.*

car Henri VI n'était encore qu'un enfant de neuf ans).

C'était une entreprise périlleuse car, pour parvenir à Reims, il fallait traverser des villes sous domination bourguignonne, les alliés des Anglais, mais grâce à Dunois qui réussit à obtenir la soumission de plusieurs villes champenoises, elle y parvint.

Charles VII fut sacré le 17 juillet 1429 dans la cathédrale de Reims par l'archevêque Regnault de Chartres, en présence de Jeanne. Le père de Jeanne avait fait le déplacement. Même si par la force des événements, le rite des sacrements royaux ne fut pas respecté, car la couronne de Charlemagne et le sceptre se trouvaient à l'Abbaye de Saint Denis près de Paris, alors aux mains des Anglais, et qu'on dut utiliser des emblèmes moins précieux, l'effet de ce sacre fut retentissant. De plus, il eut lieu dans la ville de Reims, alors aux mains des Bourguignons, le symbole était fort. Le peuple reconnut le roi comme souverain légitime par la volonté divine et se rangea derrière lui.

Après le sacre, Jeanne voulut convaincre le roi de reprendre Paris aux Anglais, mais il était indécis, n'ayant ni les moyens ni la logistique pour entreprendre une attaque de cette envergure. Contre son avis, elle conduisit tout de même un assaut et fut blessée d'un carreau d'arbalète à la porte Saint Honoré le 8 septembre 1429. Ses troupes se retirèrent.

Faute de budget, et face à des dissensions d'opinion sur la conduite à mener au sein de son conseil, le roi ordonna une retraite vers la Loire. Jeanne désobéit et repartit en campagne de son propre chef. Après quelques victoires avec l'armée royale, les défaites s'enchaînèrent.

En mai 1430, elle partit sans informer le roi à la tête d'une compagnie de volontaires et tenta de libérer Compiègne, assiégée par les Bourguignons, où elle fut capturée le 23 mai 1430 et emprisonnée au château de Beaurevoir. Elle se blessa en tentant de s'échapper en sautant par une fenêtre.

Les Bourguignons la vendirent aux Anglais pour la somme de dix mille livres tournois, payée par les Rouennais, et elle fut emprisonnée à Rouen dans des conditions difficiles.

Son procès dura du 21 février au 23 mai 1431. Accusée d'hérésie et jugée par un tribunal ecclésiastique présidé par l'évêque de Beauvais Pierre Cauchon, elle fut enfermée dans une prison civile contrairement au droit canon, argument qui fut utilisé par la suite lors du procès en nullité. Les témoins furent menacés de mort par les Anglais s'ils ne donnaient pas les réponses attendues et une enquête fut diligentée.

Malgré tout, l'accusation était à court d'arguments. La virginité de Jeanne fut à nouveau vérifiée : on ne pouvait donc pas l'accuser d'être une sorcière puisqu'elle n'avait pas 'eu commerce' avec le diable, et elle semblait bonne chrétienne.

On l'accusa par défaut d'avoir porté des habits d'homme, d'avoir quitté ses parents sans leur accord, de mentir sur la qualité divine de ses voix, en tout soixante-dix chefs d'accusation furent établis.

Dans un premier temps elle se repentit. On l'obligea à s'habiller en femme à nouveau, mais lorsqu'elle retourna dans sa cellule, elle n'y trouva que des habits d'homme. Craignant d'être violée, elle dut les porter. Piégée, le lendemain elle était condamnée pour relapse.

Elle fut brûlée le 30 mai 1431 sur la place du marché de Rouen, condamnée par des hommes en robe pour avoir porté des vêtements masculins, et non pour sorcellerie ou hérésie comme la tradition populaire l'imagine souvent.

Après avoir repris Paris et Rouen, la guerre de cent ans touchant à sa fin, Charles VII lança en février 1450 la demande d'un procès en révision. La motivation probable de cette démarche est qu'il ne voulait pas que l'on pût lui reprocher d'avoir été conduit au sacre par une hérétique, mais aussi parce que des voix s'élevaient pour le demander : les Rouennais voulaient être lavés de la honte infligée à leur ville d'avoir été le théâtre du martyre de la pauvre Jeanne. Des enquêtes furent menées à Paris, Rouen, Orléans et Domremy à l'aide d'un questionnaire, de nombreux témoins furent cités.

La guerre de cent ans se termina avec la défaite de l'armée anglaise commandée par John Talbot à la Bataille de Castillon, en juillet 1453.

A l'issue du procès qui s'acheva le 2 juillet 1456, la sentence fut rendue le 7 juillet par le cardinal d'Estouteville, archevêque de Rouen. Jeanne fut blanchie de toute accusation et entièrement réhabilitée.

Très populaire de son vivant, les siècles suivants l'oublièrent, et on trouve très peu d'allusions à son personnage dans la littérature ultérieure jusqu'à la Restauration (période qui court de 1814 à 1830, excepté 'les cent jours' du 20 mars au 8 juillet 1815, de la tentative de retour manquée de Napoléon 1er). Elle devint alors une icône religieuse et politique.

Béatifiée le 11 avril 1909, elle fut canonisée le 16 mai 1920. En 1922, elle devenait sainte patronne secondaire de la France. L'église catholique elle-même doute de l'existence des saintes qui furent les voix de Jeanne, puisqu'elle a officiellement retiré de la liste des saints Marguerite d'Antioche au concile Vatican II qui s'est terminé en 1965 et Catherine d'Alexandrie en 1970.

Jeanne aurait été anoblie par Charles VII sous le nom de 'dame du Lys' en décembre 1429, ainsi que ses parents et ses frères, mais seules des copies de la charte d'anoblissement subsistent, l'original aurait brûlé dans l'incendie de la cour des comptes en 1737. Par contre, il est vérifié que le 31 juillet 1429 le roi, sur la demande de Jeanne et en remerciement de ses 'faits d'armes' avait exonéré d'impôts à per-pétuité les villages de Domremy et de Greux.

Jacques d'Arc, son père, mourut en 1431[66]. Ci-toyen actif et personnage important de son village, il est cité comme doyen en 1423 jusqu'en 1429 où il représente son village dans un procès. On note sa présence une dernière fois au couronnement de Charles VII, puis il disparaît totalement du paysage. On peut penser que, confronté à la popularité de Jeanne et à ses succès, il nourrissait quelques re-mords de son attitude avant son départ et qu'il faisait profil bas. D'après le poète Valerian Varanius, il

---

[66] *Selon Quicherat qui cite le poète Valérian Varanius (Procès, Tome V, p 83). Selon d'autres sources il serait mort en 1439 ou 1440, mais aucune trace de lui ne subsiste après 1431.*

serait mort de chagrin peu de temps après le supplice de Jeanne.

Jean d'Arc devint bailli du Vermandois et capitaine de Chartres, puis en 1457, capitaine de Vaucouleurs.

Pierre d'Arc fut fait prisonnier en même temps que sa sœur, puis libéré un peu plus tard contre une énorme rançon. Il s'installa dans la région d'Orléans en 1442, vivant de revenus fonciers et d'une pension royale. Il mourut en 1473.

Jacquemin d'Arc ne participa jamais à l'épopée johannique et resta laboureur à Vouthon. Il mourut avant 1455, car il n'apparaît pas dans les documents couvrant le procès de réhabilitation.

Isabelle Rommée, la mère de Jeanne, veuve, s'installa à Orléans en 1440, où elle vécut d'une pension que lui versait la ville. Le reste de sa vie fut consacré à obtenir la réhabilitation de sa fille. Elle demanda et obtint du pape Nicolas V la révision du procès et se rendit même à Paris à plus de soixante-dix ans pour plaider sa cause devant une délégation du Saint Siège. Elle vécut assez longtemps pour voir sa fille blanchie de toute accusation, et mourut fin novembre 1458.

La famille d'Arc, qui avait pris le nom de 'du Lys' à la suite du supposé anoblissement, s'éteignit avec le décès de son dernier héritier mâle, Jean du Lys, fils du Chevalier Pierre, en 1501. La descendance par les femmes de Jacquemin et Jean se perd dans les arcanes de l'histoire, mais certaines des filles se marièrent dans la noblesse.

Quelques années après la mort de Jeanne sur le bûcher, un certain nombre de 'fausses Jeannes' apparurent, aventurières attirées par l'appât de célébrité et de fortune qu'une imposture réussie aurait pu représenter. La plus célèbre d'entre elles est Jeanne des Armoises. Elle se fit connaître en mai 1436 dans la région de Metz. D'abord prénommée Claude, elle se fit rapidement appeler Jeanne et épousa Robert des Armoises, sire de Jaulny, proche parent de Robert de Baudricourt.

Selon les survivalistes, elle aurait été reconnue par les frères de Jeanne (mais aucune preuve ne l'atteste), et obtenu quelques subsides grâce à sa prétention. Il est possible que les deux frères aient été complices, car Pierre, notamment, avait été ruiné par le paiement de sa rançon. Par contre, il n'est fait aucune mention d'un quelconque contact avec Isabelle Rommée, ce qui semble étrange pour une soi-disant fille qui était proche de sa mère. Cette fausse Jeanne menait une joyeuse vie bien éloignée de la piété de la vraie Jeanne.

En 1439 elle réussit à être reçue somptueusement à Orléans, comme des factures trouvées dans les livres de comptes l'attestent, mais elle quitta brusquement la fête. A-t-elle fui devant une question embarrassante ou devant le risque d'être démasquée ?

Elle finit par obtenir une audience du roi, mais lorsque pour la confondre il lui demanda quel était le secret qu'il partageait avec Jeanne, elle se rétracta. Après une enquête du parlement de Paris, elle fut démasquée en 1440. Elle admit publiquement son imposture et finit ses jours avec son mari dans son château de Jaulny.

*

BIBLIOGRAPHIE

Jeanne d'Arc à Domrémy. - Siméon Luce, deuxième édition, Librairie Hachette et Cie, 1887

Jeanne d'Arc, la fin d'une légende – Ernest Lesigne, Charles Bayle Editeur, 1889

Procès de condamnation de Jeanne d'Arc dite la Pucelle – Jules Quicherat, Jules Renoir éditeur, 1841

Procès de condamnation et de réhabilitation de Jeanne d'Arc dite la Pucelle – Jules Quicherat, Jules Renoir éditeur, 1841, 1849

Vie de Jeanne d'Arc - Anatole France, Calmann-Lévy, 1908

Jeanne d'Arc – Colette Beaune, Tempus 2009

Jeanne d'Arc, Vérités et Légendes – Colette Beaune, Tempus, 2012

La santé psychique de ceux qui ont fait le monde – Patrick Lemoine, Odile Jacob, 2019

L'affaire Jeanne d'Arc – Roger Senzig et Marcel Gay, Florent Massot, 2007

Revue des Deux Mondes - 1885 - tome 69.djvu/86
La Mission de Jeanne d'Arc – Colonel de Liocourt, Nouvelles Editions Latines, 1974

Mémoire sur les institutions de Charles VII – M. Vallet de Viriville, 1862

Jeanne d'Arc" par Henri Wallon - Hachette, 1860

La famille de Jeanne d'Arc – E de Bouteiller et G. de Graux, 1878

Merci à Régine pour sa relecture attentive
et ses encouragements